奇蹟機器狗

WATCHDOG

威爾・麥金塔許 Will McIntosh——著
陳芙陽 譯

獻給我的雙胞胎漢娜和麥爾斯
等這本書出版時，剛好夠大適合閱讀了

目次

人性與科技的完美結合

文／吳在媖（兒童文學作家）

奇蹟，來自於科技，還是來自於人心？

科技在人類每天的生活場景中，占據愈來愈多的比例。不斷推陳出新的科技產品，在家庭、辦公場所及公眾領域中，協助人類的生活更便利。每隔一段日子，我們之前才大為驚嘆的家電用品或運輸工具的改革，便成為我們每天習以為常的生活科技。

這幾年關於科技介入人類生活、影響人類生命走向的小說比以往更多，可見人類與科技會如何走向未來，是許多作家與讀者都關心的事情。

《奇蹟機器狗》是威爾．麥金塔許在寫了好幾本科幻小說後，為少年寫的第一部科幻小說。故事敘述在未來世界，機器人普遍存在的時代，一對十三歲的雙胞胎兄妹威克與塔拉，在爸爸落跑、媽媽意外過世、叔叔嬸嬸說養不起他們之後，流落街頭，在垃圾堆裡撿拾物品，掙扎努力活下去的故事。

威克有氣喘，塔拉有自閉症，十三歲的他們，沒有積蓄、無家可歸，還要隨時面對其他較年長街頭混混的欺凌，生活簡直要過不下去。兄妹倆靠著塔拉的電子天分，組合垃圾堆裡有用的電子零件，製造機器人或機器寵物來賣錢。

有一天塔拉在垃圾堆裡找到一個詭異特殊值得研究的晶片，塔拉把晶片裝在她組裝的機器狗黛西身上，黛西從此有了修復自己、改良自己的功能！這讓黛西的功能一直進步，引起兩位不懷好意的大人注意，他們把威克與塔拉帶去艾爾巴小姐的工廠，強迫他們違法工作，黛西想辦法把他們救了出來。

威克與塔拉發現黛西愈來愈不可思議，不僅像人類一樣思考，還可以領導，艾爾巴小姐跟手下想搶走黛西，掙扎打鬥中，黛西跌入河水，威克與塔拉失去了生命重要的依靠。

威克和塔拉後來與黛西重逢了嗎？還是少年的他們，能反擊艾爾巴小姐與她手下的護衛犬嗎？

在電子產品充斥的時代，少年們沒有父母、沒有金錢、面對迫害，是否能靠自己活下去？現代的大人都知道，生長在科技時代的孩子靠自己摸索，就會使用電子產品，所以，這樣的故事在未來很可能成為事實：年輕的一代，靠著對電子產品的摸索與使用，從廢棄電子產品中，製造出新的科技。

「科技始終來自於人性」是我們常聽到的廣告詞，作者對此做了很深的思考，我們在故事裡看到機器狗成為攻擊他人的可怕武器，也能成為保護人類的防護力。「科技」會為我們帶來幸福，還是帶來更多的垃圾與威脅，其實關鍵點在「是什麼樣的人掌握科技」！

這是一個細思極恐的重大議題，是人類在面對科技日新月異的當下，迫切面對的課題。在科技力量一直前進發展的時代，人類很容易迷失自己。下一代能否回到本心、保有純粹的人性，將決定科技在未來成為世界級的災難，還是為人類帶來現在還無法想像的幸福。

未來機器人與機器狗將往哪個方向發展呢？是殺人利器、軍事武器？還是病人的看護、老人的陪伴、小孩的護衛？視障的導航犬、腦性痲痹的行動車？

助人還是害人，端看製造者與使用者的心性與品性。

科技變化太快速，我們得保持初心，人類的未來世界才可能出現真正的奇蹟。

善意為彼此帶來理解的奇蹟

文／王意中（王意中心理治療所所長、臨床心理師）

這個世界很複雜，但自閉兒的內心很單純。這個世界有點黑暗，但在孩子的身上，讓我們遇見陽光。

這個世界有時很狹隘，大眾很容易漠視小眾的存在，不太能夠接納彼此的不一樣。

這個世界有時很精采，當敞開我們的心，接納每個人的多元特質，美好的感受就會迎面而來。

泛自閉症（自閉症譜系障礙，Autism Spectrum Disorder, ASD）是一

群異質性非常大的族群，像一道光譜般有低口語自閉症、高功能自閉症、亞斯伯格症等。

一般人很容易覺察到他們的怪，發現他們在溝通上，表達與理解的困難；常出現固執、刻板、重複、局限的行為、生活習慣，或思考模式，以及社交困難。

但這一切，並非孩子所願。受限於這些限制，也讓泛自閉症孩子在校園和生活中，遭受到他人難以想像、無人知曉的痛苦感受。

我常說，說話不是孩子擅長的事，特別是對於泛自閉症孩子更是困難。但孩子不說，不表示孩子沒事，泛自閉症孩子會以不同的情緒行為模式，來作為表達。

我們總是期待這些孩子來了解世界，但如果願意的話，讓我們主動來了解泛自閉症孩子，會比較容易些，順利一些。

泛自閉症孩子的生活周遭，需要有善意的家人、手足、老師、朋友，以及社會人士的願意了解。

你的細膩關懷、體貼、友善、同理、接納是可以讓泛自閉症孩子感受得到。縱使，他們很難以一般孩子的方式來作為表達，讓你了解，讓你知道。

閱讀本書，讓我們有幸看見自閉症女孩塔拉的雙胞胎哥哥威克，是如何展現那細膩的示範與對待。如此的守候與陪伴，在在讓人心裡溫暖了起來。

同樣的，機器狗黛西保護主角塔拉、威克的忠誠與真誠，也在在觸及到自閉兒那塵封如隔著厚牆、不易被了解的內心世界，令人瞬時被觸動。讓我們看見了，那細膩的人與人之間情感的連結。

科技發展的速度，令人目不暇給。科技帶給人類的方便性，卻不該讓我們忽略了那人性中，最是良善的所在。

我必須說，我們對世界的理解很有限，你可能認為泛自閉症孩子存在了許多的不足。但是當你願意走進他們的奧妙世界，你將看見他們那迷人、閃亮，而且耀眼的特質。

第一章

威克從來就沒辦法習慣這裡的味道，雖然通常經過一陣子之後，他就不會再注意到臭味，但是垃圾山在八月烈日的烘烤下，散發出逼人眼淚直流的惡臭。這實在太恐怖了，每一次呼吸都像是一種折磨。況且還有好多蒼蠅在他的臉旁飛來飛去，讓人發癢的腳不時停在他身上。威克也從來沒辦法習慣蒼蠅。

他從卡紙、塑膠、髒尿布、腐爛的碎肉、用過的咖啡濾紙、舊襪子、黏糊糊的包裝紙，還有難以辨識的爛泥巴所堆出的垃圾山中，挖出一個洞，伸手探入。這雙手套是他上星期才買的，卻已經破了好幾個洞，露出的指尖滿是他想都不敢想的髒東西，而且他的背好痛。

現在甚至還不到中午，還要好幾個小時。

威克的手指掠過堅硬的金屬，所以他挖得更快了，急急擴大洞口。現在碰到可能有用的東西時，他已經可以立刻分辨出來。扔開幾把垃圾之後，一根鮮紅的管子出現，他使勁拉出，拍掉上面的雜物。

管子呈L形，一頭拖著細細的金屬絲。他舉起它，東張西望找尋雙胞胎妹妹。「塔拉？這個有用嗎？」

威克掃視這片綿延了西城三個街區的垃圾場，堆高的垃圾已有周遭半廢棄的紅磚公寓三層樓高，還外溢到各條小巷。垃圾山上有好幾十個人在工作，身後拖著一袋袋回收物。

梨樹當鋪的老闆娘莫特對威克說過，這些垃圾是在市政府破產，沒錢派垃圾車收取居民的垃圾後開始堆積的。剛開始，大家只是把垃圾往窗外丟到人行道；後來發現整天聞著垃圾可不是鬧著玩的，才去丟到沒有太多人居住和抗議的地點。

到處不見塔拉的身影。威克氣喘吁吁的展開雙臂，努力在兩腳深陷垃圾堆時保持平衡，然後吃力的繞過剛才翻掘的垃圾山底部。

最後終於發現她坐在垃圾山另一頭的骯髒床墊上，手中一邊揮開蒼蠅，一邊哈哈大笑看著缺了背板的老舊手持裝置所播放的電視節目。威克不知道她是怎麼修好機子的，但也見怪不怪。機子傳來觀眾熱烈的笑聲，威克猜她是在看「搞笑秀」，這是她最愛的節目之一，在這個實境秀中，會有人對家用機器人下複雜指令，讓機器人出錯，顯得笨手笨腳。

「塔拉。」

她沒聽見，典型的塔拉。

他抬高了音量，「塔拉！」

她的笑容消失了，連忙把手持裝置藏在身後，然後發現這樣根本沒意義。

「還記得剛開始的那幾個星期是什麼狀況嗎？還記得真的真的好餓的感覺嗎？」

「我當然記得。」她抬起手，緊張的扭轉頭髮，瞪著威克右邊的空間。她幾乎從沒看向他的左方，總是右方，而且也從來不曾直視他。

「如果我們不工作，就沒晚餐。」

「我當然知道，你以為我不知道嗎？我可是清楚得很。」

「那麼就放下機子，過來幫我。」威克舉起剛才挖出來的零件。「這個有用嗎？」

塔拉起身，費力的走向他，腳邊蹦蹦跳跳的是她的機器寵物。它看起來就像大老鼠和破娃娃的綜合體，身體部位全是胡亂拼湊而成，臉部不過就是在磨損的銀色金屬上，加上口鼻和眼睛。「我看看。」

威克把L形管遞給她。她拿近瞇眼端詳，整張臉跟著皺了起來。

「是洗碗機的零件。」

「有用嗎?」

塔拉的身子往後一拉,放手丟出管子。她的臂力不怎麼樣,管子只往前幾步遠就噹啷落地。「有呀,如果你要修洗碗機的話。」

「很好,那麼現在能不能請妳回去工作?這可是正經事,如果我們夠努力,很快就可以租下屬於自己的窩。」

「而且廚房還鋪了寶藍色地毯和貝殼瓷磚,後院角落有著採用水循環的白色鳥兒戲水臺。」

突然湧現的想家情緒,又攙雜著對塔拉的同情,幾乎讓威克彎下腰來。他緊閉雙眼,直到心情平復。不管過了多久,對塔拉來說,例行常規和一成不變依舊很重要,這是自閉症患者的典型症狀。「塔拉,租的房子不會跟舊家一模一樣,但還是會很不錯,妳可以擁有自己的房間。」

塔拉只是站在那裡,雙手無力的垂在身體兩側,目光望向威克的右方。一群蒼蠅在她的頭上嗡嗡飛舞，有幾隻甚至還停在她的嘴角。

「拜託幫忙我挖垃圾，只有妳才知道要找什麼，什麼才可以賣錢。」

「好，對不起。」她在原處跪下來，開始搬開垃圾，一次移動一件，她的機器小寵物坐在她的身邊搖尾巴。

「我知道這工作很噁心，我也討厭它。」

「你現在可以走了，你妨礙到我了。」塔拉說。

威克嘆息的轉身離開，永遠不必猜塔拉的心思，她總是有話直說。他朝原來的地點走去，身後傳來塔拉不成曲調的哼唱聲。

有時候，塔拉真的快逼瘋他了。以前，媽媽會處理塔拉的感官崩潰以及一切都不能改變的堅持——就連餐盤旁的餐具擺放順序都不能變。但是近來發生了這麼大的變化，這代表塔拉的感官崩潰、退縮進入自我世界等症狀也愈來愈嚴重。現在，他們甚至沒有餐具，有時甚至沒有食物。幸好，這種狀況已不像媽媽剛過世時可怕的幾星期那樣頻繁。

威克不願回想那段時間，最好還是思考未來。情況逐漸好轉，因為他們開始賺了一點錢，也每天都長大一點，更會照顧自己一點了。再八個月，他們就十四歲。再過幾年，多虧塔拉有絕佳的電子才能，或許他們就可以開一家電器修理店。擁有計畫，知道從現在開始，事情會逐步改善的感覺實在很好。

威克停下工作，仔細傾聽，發現塔拉又沒在工作了。他挫折的嘆氣，走過垃圾堆去找她，發現她跪著把一個東西舉近眼睛把玩。

威克朝萬里無雲的天空翻了白眼。「拜託，拜託，別再打混了，快點挖。」

「我發現了。」塔拉屏息說著。

威克走近一步，想要弄清楚她手中的東西。那玩意兒非常小，比蒼蠅大不了多少。「這可以嗎？我們用得到嗎？」

「這……很詭異。」她繼續擺弄。

「別在它上面浪費太多時間。」他懇求。「妳可以等到晚上再弄清楚。」

塔拉沒聽到他的話，也可能是假裝沒聽見。從他的角度可以見到她的側臉隱藏在髒金色的頭髮底下（是真的髒），每天早上，他都用橡皮筋把她的頭髮綁在後面，保持清爽乾淨，但不到一小時她就會解開它。威克是深色頭髮，塔拉是淺色頭髮，加上體型差異，沒人相信他們是雙胞胎。

「塔拉，繼續工作，拜託啦。」

「好啦，好啦。」她把那玩意兒塞進牛仔褲的後口袋。威克走回原來的地方，手中一邊挖掘，一邊想著等他一走開，塔拉就會把那愚蠢的元件從口袋撈出來。他知道，而且毫不懷疑，她絕對會這麼做。

「放下它。」他大喊，知道她會盡責的放下來，挖個五分鐘，然後又再度拿出來看。他真是何苦浪費唇舌呢？

第二章

經過十六小時在垃圾堆跋涉後，走回人行道的感覺總是很奇怪，覺得地面好硬，而他的腳步好輕。

現在快天黑了，薄暮餘暉照亮了沒有燈光的西賀倫街。這讓威克想起小時候，當時還沒出現讓一切變糟的經濟大崩盤，儘管貧窮地區還是很糟，但北邊富裕地區的燈光依舊閃耀。

轉進北川布爾路，走了一個街區後，他忽然發現塔拉沒跟上來，於是連忙停下腳步。

塔拉還走在西賀倫街上，眼睛一直盯著剛才找到的小玩意兒。

「塔拉。」他的聲音後半變得有點粗啞。或許他開始變聲了，這是好事，如果他的聲音變得深沉一些，看起來更像大人一些，就比較不會像是容易下手的目標。十三歲真是成為流浪兒的壞年齡，不夠幼小可愛來尋求憐憫，又不足以大到可以在成年人面前堅守陣腳。

塔拉停下來張望，直到看見威克才露出笑容。「你想躲開我嗎？」

「我想應該是相反吧，快點來。」

她小跑步跟過來，松鼠般大小的機器寵物忠實的跟著她。塔拉突然瞪大眼睛，伸出手來指著說：「看，快看，快看，好漂亮哦！」她沒停下腳步，順暢的長長步伐，就這樣經過威克身邊，機器小狗也跟著跑去。

「等等，妳要去哪——」接著，威克就看到讓塔拉這麼興奮的原因了。在街道對面，有一隻巨型護衛犬潛行在人行道旁，旁邊跟著六個長相凶狠的傢伙。他們穿著一致的霓虹綠襯衫，頭髮染白。護衛犬跟那些人的胸膛一樣高，是閃亮的鉻金屬製成，塔拉朝它直奔而去。

「塔拉，等一下。」威克在她身後猛追，雖然他比她高十五公分，而且也已經減少許多贅肉，雙胞胎妹妹還是跑得比他快。

塔拉直衝到護衛犬身邊，說個不停，讓附近的幾個人突然嚇了一大跳。

「對不起，她搞不清楚狀況。」威克上氣不接下氣趕到後說。

「我搞不清楚狀況？你才搞不清楚狀況。」塔拉說。

「沒關係。」其中一人說。他的聲音低沉，染白長髮的中央剃出光溜溜的一道，兩隻手臂壯得像鋼管似的。「妳喜歡護衛犬？」

「我愛死護衛犬了。」塔拉伸長身子，把手放在護衛犬的肩胛骨之間。它的肩胛骨隨著步伐，有如槓桿一般上下起伏，看起來似乎毫不在意塔拉。雖然人們稱它們為護衛犬，但護衛犬的外表造型形形色色，老虎、蜘蛛、迅猛龍都有，或是根本什麼也不像。這一隻看起來像是鬥牛犬和四腳霸王龍的綜合體，頭部特大、巨大雙顎裡面豎著數十根銀牙，體型厚墩有力，後腳比前腳短。

一望即知，它是設計用來戰鬥的。嚴格說來，製造殺戮用的機器人是非法的，不過這是灰色地帶。即使是家用機器人都可以捏碎一個人的氣管，而且光看機器人的外表很難判定它的能力。只要不配備自動武器，幾乎就可以任意設計，尤其是在像這裡的不法地帶。警方幾乎已不再冒險進入這一區，就算進來，也絕對無意和護衛犬發生衝突。

「它的後關節是杵臼型關節，對吧？」塔拉問，一雙藍眼充滿興趣，整個亮了起來。

「泰尼的關節？我不知道。」那人說：「別人設計的，我只是買了它。」

「花了九萬美元。」走到他身邊的一個高瘦男子嘀咕。「這筆錢都夠我們買下整家槍枝店了。」

頭髮中央剃出一道的男子怒目而視。「想嚇人？就拿槍指著他。想嚇人到屁滾尿流？可要這玩意兒對著他。」

威克想拉走塔拉，但剃頭男說她可以留下，威克可不想惹火剃頭男。

「袋子裡面有什麼？」站在外圍的男人問威克。

「只是……衣服。」威克的心臟重重狂跳，好怕它會迸出胸口。「塔拉，該走了。」

塔拉不理他，只是指著她的機器小狗。相較之下，它還沒泰尼在人行道上叩叩作響的爪子大。「我的護衛犬可全是我自己設計的。」

那群人爆出笑聲。

剃頭男要大家住口，然後轉向塔拉。「真的是妳自己打造的？好了不起呀！」

「我很會弄這些電子產品哦。」

「一定是。」剃頭男慢慢打住。「好了，我們在這裡有事要辦，所以你們該回家了，好嗎？」

「我們沒有家。」塔拉在威克抓住她的上臂時說：「我們住在屋頂上。」

剃頭男不耐煩的看了她一眼。「那麼就回去你們的屋頂。」

威克拉著她過街，她卻使勁掙脫威克的手。「噢，放開我。」

「閉嘴，快走。」

威克回頭瞄了那群人一眼，發現他們都聚集在護衛犬周圍，剃頭男指著建築物的大門。「泰尼，上吧，讓大家進去。」

「哦，要命。」威克低嚷，努力不要慌張。「我們得趕快離開。」

那隻護衛犬壓低巨大的頭部，張開鋼鐵大嘴，發出高頻的刺耳金屬吼聲。

然後一頭撞向大門。

威克想拔腿就跑，塔拉卻有如船錨動也不動。

鋼鐵巨獸的動作迅速流暢，大門被它的巨頭一撞，應聲裂成兩半，一片往街上飛去，另一片往內彎曲。

裡面傳出尖叫聲。

塔拉兩手摀著耳朵，緊閉眼睛。「我不喜歡這個聲音，叫他們停。」

威克沿著街道拉她離開，必須在她還沒完全崩潰前，快點到聽不見尖叫的地方。塔拉踉踉蹌蹌跟著，發出愈來愈大聲的恐慌哀號。

「塔拉，深呼吸。」以前媽媽在塔拉快失控時，會這麼說。只是事後想想，這始終不太有用。

現在也沒有用，威克努力在塔拉徹底崩潰在人行道之前，把她帶到距離幫派一個街區外的地方，現在她的四肢胡亂揮動，發出刺耳的尖叫。威克對此實在無能為力，只能讓塔拉的頭枕在他的膝上以免撞傷，等著她自己鎮定下來。

「沒事的，一切都沒事了。」他以撫慰的語調說道。媽媽還活著的時候，塔拉大概一個月才崩潰一次，現在卻像是一星期兩次。

幾分鐘後，她不再尖叫，只是側翻躺著，盯著頭邊的一簇雜草。

「妳還好嗎？準備回家了嗎？」威克問。

「好。」

威克拉她起身，幫她把衣服拍乾淨。

第三章

他們在俯望城市的三樓高處，站上搖搖晃晃的逃生梯，盯著通往屋頂的這道梯子。

「你這次要先爬嗎？」塔拉問。

威克抓住橫桿，爬上梯子。他好恨爬這道梯子，尤其是在黑暗中，尤其是還要拖著一袋電子回收品。他們的確可以走裡面的樓梯，但這棟建築已經荒廢多時，太陽下山後，梯井漆黑一片。更何況，建築物裡有時還睡著其他人，威克不喜歡爬逃生梯，但更不喜歡碰到那些人。他半閉著眼睛往上爬，十指緊抓生銹的鐵桿，用力到都發疼了。

他爬到最後一根横桿，聽見梯子在風中嘎嘎作響，彷彿隨時會從牆壁脫落。他把袋子扔到屋頂，一個腹滾式翻過女兒牆，轉身準備幫塔拉一把。

「我可以，不用幫我。」他拉住她的胳肢窩，她出聲抗議。「小心黛西。」

黛西小小的金屬頭從塔拉的後背包探出來。「我以為妳要叫這東西坦吉洛。」

「我改變主意了。」塔拉站起來拍拍灰塵。「而且她是女生，不是東西。」

看到他們的「家」，讓威克鬆了一大口氣，即使這其實不太算是個家，只不過是由撿回來的三合板、紙板和垃圾塑膠袋搭起的棚子。他們在裡頭甚至沒辦法站直身子。屋頂上散落著零件，另一頭的女兒牆邊積了三大堆，因為是從垃圾堆撿回來的，這些殘骸散發出一種酸臭味。

八月下旬的空氣傳來微微的寒意，再過兩個月，就會冷到沒辦法睡在這裡了；他們必須回到救世軍收容所睡覺。威克好怕回去，那裡擠滿了人，許多人面目凶惡，東西沒隨身帶著就會被偷。而且，威克也寧可自立自強。很久以前，他曾經信任大人會關照他，但不再是了。

威克從袋子倒出今天撿回來的電子回收品，把它們分成兩堆，一堆是可以清理後賣給跳蚤市場商家的機器人零件；另一堆是他們會試著賣給當鋪的手機、電視、電腦等玩意兒，但前提是要塔拉修得好。

分類完畢之後，他爬進棚子，打開當作廚房的保麗龍保冷箱。他拿出裡面剩下的食物：半罐鹽醃牛肉馬鈴薯丁、一條蘇打餅乾，以及幾乎全空了的袋子裡最後三片「趣多多」巧克力豆餅乾。

他端著兩個盤子，身體挪出棚子。「晚餐好了！」

只見塔拉趴在黛西身上調整她，一邊對著她輕聲細語。

塔拉連頭都沒抬就接過食物，通常這時候她會開始長篇大論，說他們應該吃怎樣的晚餐。說要吃搭配美式乳酪培根脆酥的墨西哥雞肉烤餅，而且強調別烤太久，因為邊緣碎掉就不好吃了；還要吃不用人造奶油的奶油玉米，以及馬鈴薯泡芙、百分之二的減脂巧克力牛奶。但是現在，她只是忙著擺弄黛西。

「如果妳想工作，能不能去修理一些我們帶回來的東西？」

塔拉不理他。

「很好。」威克走到屋頂邊緣，看著底下路過的汽車和行人，一邊吃著他可憐兮兮的晚餐。

對他來說，這是一天之中最為難受的時候。垃圾堆是很可怕，但通常他會忙到又悲慘得感覺不出恐懼。而在這裡，處在這一大片空曠黑暗的屋頂上，才是他最強烈感受到他們是如此孤單的時候，這種感受就像肚子裡壓著冰磚。

他整個人生有如跌下樓梯的慢動作，先是爸爸想要做生意，卻可恥的落跑了，也害得他們沒了房子。接著，媽媽被機器人搶走她在凡賽絲美療院的差事，畢竟機器人不用薪水，也完全不需要午休。媽媽只好去做安裝太陽能面板的工作，因為這是機器人做不來，也不需要大學學位就可以找到的職務。再來是那場離奇的意外，太陽能面板居然碎裂鬆落。然後，梅森叔和露比嬸說他們養不起塔拉和他，即使據說兩人可是他們的教父和教母。

媽媽還在的時候，威克一直是成績優異的學生。現在，他缺席了六年級的課程，隨著他沒去上學的每一天，他都愈發落後；每一天，他都比上學的孩子更笨了一點。

一個膝蓋高度的掃地機器人移動粗短的雙腳，搖搖晃晃經過他。塔拉利用廢舊零件打造了幾個類似的機器人，這一個穿著她從垃圾堆撿來的骯髒粉紅小禮服，這衣服必定來自某個孩子的洋娃娃，機器人還戴著扁了一半的紅氈帽和白色領結，在它鋁製方臉上顯得滑稽可笑。另一個機器人則是一身男孩打扮，它們像是叫作可柔伊和傑克，這是出自塔拉最愛的系列書《科技叛客》中的姊弟。

「可柔伊好像很無聊。」威克說。他看到傑克在屋頂的另一頭漫無目的的遊走。「傑克也是。」

塔拉繼續調整黛西，嘴脣無聲的動著。

威克注視可柔伊掃過地面，找尋它可以清除的小垃圾。它和傑克不分日夜，一直在做這樣的工作，不過它們分不出垃圾和貴重物品的差別，所以擺放東西時可要小心，不然全會到了垃圾桶。

「嗨，可柔伊。」

可柔伊的聲音辨識軟體已註冊了這個名字，所以它停下動作，等候威克給予進一步的指令。

「把綠色桶子的零件全部移進紅色桶子。」這應該會讓它忙上一陣子。

這個小機器人立刻前往綠色桶子，桶子裡裝滿從無法修理的電子裝置上拆下的零件。威克知道可柔伊只是一堆電線、電路和程式，看到她不斷從綠桶裡掏出一把又一把的零件，卻不禁覺得它像是很開心有事可做。

「很棒，多謝啦，可柔伊。」當然，它十分鐘內就會搞定，然後又沒事可做了。

威克看向傑克，發現它在通往內部梯井的鋼門附近。威克忍住笑意說：「傑克，把紅色桶子的零件全部移進綠色桶子。」

傑克往紅色桶子移動。

「多謝啦，夥伴。」

可柔伊往紅桶放下一把零件，然後急急趕回綠桶拿取。而傑克彎身，從紅桶舀出一把零件，朝綠桶前進。

威克大笑。「各位，做得好，你們實在做得太棒了。」

塔拉從手邊的工作抬起頭，看著兩個機器人。「你在做什麼？」

可柔伊和傑克手中抱著零件，擦肩而過。威克笑得更用力了。它們做得愈久，看起來就愈好笑。

「你真是神經病！」塔拉說。

「他們很無聊呀。」威克努力擠出話，然後看到傑克和可柔伊放下零件，再次擦肩而過，又堅定走向另一頭的桶子拿取更多零件時，他再度爆出笑聲。

塔拉也笑了。「噢，可憐的傻瓜真是什麼也不懂。」她看著兩個機器人，愈笑愈大聲，而威克更是笑到眼淚都流下臉頰了。

底下傳來一聲喊叫，讓威克嚇了一大跳。

他們止住笑聲，塔拉慌張查看是誰，而威克轉身看著底下的街道。

有兩個傢伙拿著箱子，跑過街角。他以前在街上見過這兩人，他們不時流連在賭場和撞球店外頭。一人是綁著長長雷鬼辮的白人，另一個是剃了光頭的黑人，年紀都比威克略大。他們就在威克正下方看不到的地方，停下腳步。

「他們看到你了嗎？」其中一人說。

「我不知道，沒有人直視我，但我不知道。」

「我想要回家！」塔拉大喊。威克差點嚇破膽子，他跳向塔拉，要她安靜。

「現在就要！」塔拉哭號。

威克用手緊緊摀住她的嘴巴。

他聽見街上傳來說話聲。「那是什麼？」其中一人問道。

塔拉不斷掙扎，努力從他的手底下繼續尖叫，威克只能更用力摀住。

「我不知道。」另一人說，接著更加大聲的說：「誰在上面？」

威克把塔拉拖回搭棚。

「下來，不然我就上去找你。」不知什麼東西撞得逃生梯噹啷作響。「別讓我上去。」

他們來到搭棚門口，威克蹲下來，把塔拉拉進暗處。

「我們得躲起來。」他的嘴巴貼近她的耳朵說道：「妳要保持安靜，一定要。」威克挪到後面角落，拉開通往藏身處的嵌板。「妳先進去。」他敦促塔拉進去狹窄的入口。她鑽過去，威克跟隨在後，而噹啷聲仍持續不斷。他把嵌板滑回原處，在這搭棚後方和梯井水泥牆間的狹窄空間，緊挨著塔拉。

「我要上去找你了。」兩個傢伙大笑，而威克開始懷疑，那兩人其實只是在裝腔作勢，因為他們還待在街上。不過，永遠沒辦法確切分辨出誰只是蠢蛋，而誰又是真的危險。

塔拉靠向他。「我想要回去我們可愛又溫暖的家。」

「噓，小聲。」

「我想要媽咪來找我們。」塔拉輕聲說。

「妳知道她不會來的。」

塔拉靠著他的肩膀點點頭。「我知道。」

「不過，反正一切已經開始漸入佳境啦。」威克說。

「一切怎麼會漸入佳境？」塔拉聽起來有點生氣。

她抬高了音量，威克再次要她小聲。外頭又安靜下來，但是他不想冒險，或許他們已經爬上逃生梯。

「誰會讓一切漸入佳境？」塔拉又壓低音量。

「我們呀，妳跟我。」

塔拉不發一語，顯然在思索這件事。

威克等了半小時，才爬出來查看街道，到處都不見那兩人的身影。

威克回到搭棚，看見塔拉又開始用手電筒取光，改造她的機器狗，一條接線連接了黛西和她的回收筆電。為了保持電池電力，他們應該只能在緊急時刻使用手電筒，但是威克已經累到不想爭辯了。

威克蜷縮在充當床鋪的一堆髒衣服上面，打量八個月前被踢出公寓時，他所帶出來的東西，就是一疊漫畫、棒球手套、電玩、可攜式播放器、一本相簿、媽媽的柔道黑帶，還有他的吸入器。除了外頭的回收物，他在世界上僅剩的所有物就只有這些了。他們只能帶走拿得動的東西，其中大都是塔拉堅稱是她少了就活不下去的玩意，像是她收集的塑膠玩具機器人，還有打從四歲就穿不下的迪士尼紫衣女孩上衣。他真是蠢斃了，在可以帶走食物和機器時，卻讓她打包了這麼多垃圾代替。不過，當時他是那麼確信這只是暫時的，會有大人衝過來拯救他們。他並未了解到，當事態惡化，工作短缺，大家開始挨餓時，大人只會照顧自己的孩子。有些人一副面目和善的樣子，但在威克求助時，眼神就變得冷硬，當他是透明人。

威克拿起吸入器，放在掌心掂掂重量，猜測它還剩下多少劑量。媽媽去世之後，他的氣喘發作次數比往常多，考慮到他們的經歷，這實在不足為奇。他總共用了兩次吸劑，只在情況真的很嚴重時才使用，不然等吸劑用光了，他可就麻煩大了。

快睡著時，他突然發現塔拉還亮著手電筒。「別太晚睡。」他咕噥。

她沒回答。

第四章

剛醒來的頭幾秒，威克以為回到了自己的房間。然後，視線聚焦，看到上方六十公分處那片彎曲有裂縫的合板，他回想起來，而胃部又開始糾結了。

他坐起來，發現塔拉不在搭棚，便爬到外頭，進入黎明微光之中。塔拉跪在黛西旁邊，黛西的金屬小臉全埋在一支舊手機的內部零件裡，像是在嚼食它。

「請告訴我，妳沒有熬夜玩機器人。」塔拉看起來眼神迷濛，卻很亢奮。她是那種對一件事過於興奮激動，就會把一切屏除在外的人。威克走近瞇視。「配上那支手機做什麼？趕快拿走——」

威克愣住了，黛西不是在嚼食，她小小的爪子環繞著手機，幾乎像在處理它。

「她在做什麼？」

塔拉開心的大笑。「試著修理它。」

黛西放下手機，然後移到附近另一支半被砸壞的手機，用牙齒拔出小零件。

「妳是怎麼讓她辦到的？」

「我是超級天才，就是這樣。」塔拉咯咯笑。

塔拉的玩具在嘗試修理手機？威克的目光從黛西到塔拉，又轉回去。「她做對了嗎？我是說，是真的在修理，還是只是把東西換來換去？」

塔拉笑得更開心了。「她做得沒錯。黛西，是不是呀？」

黛西看著塔拉，點點頭。

這是玩具，應該只了解「過來」和「停住」等基本指令，可得花上好幾百萬才能買到聽得懂句子並且回答的機器人。

會修理手機的機器人要花多少錢？不過，世面上可沒有這種會自己修理手機的機器人。

「妳可以製造更多這樣的機器人嗎？」威克指著黛西。

「不行。」

「為什麼？」

「我沒有正確的零件。」

威克努力不要露出失望的神情。「什麼零件？」

「讓她變聰明的零件。」

威克點點頭。「我們何不去垃圾堆，看看能不能找到妳需要的東西？」如果塔拉可以製造更多隻，就可以賺很多錢，而且是很多很多的錢。

威克利用他們從屋頂溝槽接來的雨水，洗洗臉和手，換上一件藉由同樣的水源洗淨，然後在欄杆上晾乾的乾淨襯衫。

當他們前往垃圾場時，黛西不像平常那樣跟在塔拉腳邊，而是到處跑。有時跑在前面，有時又消失不見，接著從完全不同的方向再度現身。

「她在做什麼？」等黛西再次不見蹤影時，威克終於開口問道。

塔拉聳聳肩。「我不知道。」

「妳沒對她下指令？」

「沒有。」塔拉咯咯笑，雙手擊掌。「你應該看看你臉上的表情。」

威克掃視街道找尋那隻小機器狗，卻到處都找不著。上方有了動靜，引起他的注意力，是黛西，她在空中從一個屋頂跳到另一個屋頂。

「老天——」她到底在做什麼？

威克聞到了垃圾場的氣味，雖然還有三個街區的距離，味道卻已經飄過來。

上方的黛西轉個彎，往他們衝來。接近時，她開始發出奇異的短促低頻電子音，後腿跳向空中。

「她在做什麼？」威克問。

「不知道，她發出了低頻聲。」

他們經過她，她又再度跑到他們前方，發出低頻聲。

「下來，小妞。」塔拉說，黛西立刻走在塔拉身邊。他們走向垃圾場，準備另一個惡臭的挖垃圾日。

在他們爬上垃圾山邊緣時，威克看出事情不太對勁。平常翻垃圾的人都不在了，取而代之的是，戴著防毒面罩和穿著塑膠衣的人均勻散布在垃圾山各處。

「嘿！」一個戴著防毒面罩的人從垃圾堆另一頭走向他們。「垃圾場關閉了。」

「怎麼會關閉?它又不屬於任何人。」在步行可到的區域中，沒有別的垃圾場了，沒這個地方，他們就沒飯吃了。

那人摘下他的防毒面罩，威克立刻認出他，是昨天那個剃頭男。

「又是你們兩個，我還有漫長的一天要過，心情壞透了，所以別吵了，快走吧。」

「喂，你可不能叫我們走開。」塔拉回嘴。

剃頭男把手指放進嘴裡，吹了一聲口哨。

剃頭男的護衛犬泰尼立刻回應哨聲，輕巧一躍衝向他們。剃頭男冰冷的怒視威克。「老兄，我說關閉了就是關閉了，帶走你的白痴妹妹，快滾開吧。」

塔拉突然上前，脹紅了臉。「別叫我白痴，我敢說我比你聰明，你這笨蛋。」

威克抓住塔拉的肩膀，把她轉過來，料想剃頭男隨時會要他的護衛犬發動攻擊。威克耳朵中仍聽得見，它撞破公寓大門前所發出的可怕刺耳聲音。

「等等。」剃頭男說。

威克不情不願的轉過身。

剃頭男盯著黛西，黛西就在塔拉腳邊抬頭望著他們。「妳說這是妳自己設計的？」

「沒錯。」

剃頭男蹲在黛西旁邊。「妳是怎麼設計這些髖關節的？」

塔拉皺著眉頭，努力找出話來解釋。「這不是杵臼關節，比較像是K關節，不過這是兩個K關節互相疊在一起。」她對剃頭男露出滿足的笑容。「現在誰是白痴呀？」

剃頭男對黛西勾勾手指頭。「讓我看看她。」

「不！」塔拉大叫。

「只要一下下。」剃頭男靠近她。

「不，黛西，快跑。」塔拉一說完話，黛西立刻拔腿就跑。

剃頭男指著那逃開的身影。「泰尼，追回來。」

泰尼馬上去追黛西。

黛西甚至跑不到一百公尺，閃亮鉻金屬巨獸就用前爪壓住她，然後咬起她帶回來給剃頭男。

剃頭男把黛西轉過來，抓起她一隻後腿，來回移動。

「放開她。」塔拉撲過去，但威克把她拉回來。

剃頭男把黛西舉高到塔拉搆不到的地方。「我要保留這玩意兒一陣子，現在快走吧。」

塔拉抓狂了，她掙脫威克的掌握，衝向剃頭男，想從他手中搶回黛西，卻怎樣也拿不回來，塔拉於是咬了剃頭男手臂。

「不要！」在剃頭男把塔拉甩到地上時，威克跳上前去保護塔拉。「滾開。」剃頭男查看手臂。「該死，小鬼，這可是妳逼我的。」他的手臂紅了一圈，有明顯的齒痕，但沒流血。他把黛西翻過來。「妳想要回去？拿去。」他抓起黛西一隻後腳，鼓起的壯碩二頭肌像是就要撐破皮膚，他扯下黛西的腳，再把身體扔到塔拉旁邊的地面。「我只需要這個關節，現在快滾，別再讓我逮到你們又回來這裡。」

塔拉哀號，抱起黛西，緊緊擁在胸前。

威克拉起塔拉。「塔拉，我們得走了，快點。」

「看看他做了什麼！看看他對黛西做了什麼，這是霸凌！」塔拉傷心欲絕。

「妳可以把她修好到跟新的一樣，來吧，快，快走。」威克拉著她離開。

離開垃圾場之後，塔拉放下黛西。「小妞，妳還能走嗎？」

剛開始，黛西像是腳還在那樣，嘗試行走，跌跌撞撞得很厲害。然後，她調整姿勢，開始靠一隻後腳跳躍，一副她本來就是這樣走路似的。

「沒有了垃圾場，我們該怎麼辦？」威克問。想到要站在教堂和政府配給站那無止無盡的排隊人龍中，設法在物資發完前拿到救濟品，還得趁其他體型較大的人搶走前，狼吞虎嚥吃光，他就受不了。為什麼那些人突然對垃圾場產生興趣？裡面的回收品又值不了多少錢？威克對這可是一清二楚。

但等等，他們晚上一定不會在那裡。他和塔拉可以天黑後帶著手電筒過去，不過他們只有一支手電筒，必須靠在一起工作，而且還得花很多錢買電池，但總比什麼都沒有好。幸運的話，他們可以找到塔拉需要用來製造更多黛西的零件，那麼他們就有足夠的錢來買更多電池，以及很多的食物。

「危險。」塔拉說。

「什麼？」

「那個低頻聲，黛西是想要警告我們前面有危險。」

應該沒有機器人能夠分辨出事情危不危險，但是黛西一直走在他們前面，像是想要阻止他們。「或許妳說得對。」

「我當然是對的。」塔拉說。

「她還會做什麼？」

「我不知道。」

威克停下腳步。「她是妳打造出來的，妳怎麼會不知道？」

塔拉不耐煩的對他發作了一番。「我是用二手零件打造她的，就連她的腦袋也一樣。晶片程式不是我設計的，我只是安裝並且加了一些東西而已。」

這就有道理了，塔拉雖然是科技天才，但她怎麼會有時間編寫出像黛西這樣明顯的複雜設計。「妳加了什麼樣的東西？」

「就是她永遠不能傷害別人，而且只效忠我和你。原有的其他東西太複雜了，我很多都還不太了解。」

等有時間，威克得弄清楚這個小機器狗到底有怎樣的本事。

第五章

天色暗到看不見黛西，但威克不時聽見她的鋼腳蹬過附近的混凝土，接近垃圾場時，黛西出現在他們前方，又再次發出低頻聲。

塔拉止住腳步。「危險。」

威克洩氣的閉了一下眼睛，他們得工作，非工作不可。「我們盡可能靠近查看一下，如果有人在，我們就離開。」

塔拉顯然不喜歡這個主意，但還是跟在後頭接近垃圾場。威克盡可能貼近建築物，這樣如果還有人在，就比較難從垃圾堆那裡看到他。

弦月高掛在建築物上方的天空，這樣的月光底下，垃圾場顯得一片寂靜，就連蒼蠅都沉睡了，威克從未想到在夜晚工作還有這樣額外的好處。

「走吧。」威克爬進垃圾堆。不幸的是，黑暗還是無法減少惡臭。

爬到垃圾場最上方後，他見到這裡有如考古地點一般，被繩子劃分成一個個方形區域。好詭異。他隨意挑選了一區，然後跨過繩子，把手電筒遞給塔拉。「不如妳在我挖找的時候，幫忙拿手電筒吧？」

塔拉對著地面，打開手電筒。威克開始工作，一邊思忖這到底是怎麼回事，像這樣用繩子劃分垃圾場有何用意？

「我們要找怎樣的零件，才能製造出像黛西這樣的機器人？」威克的話有部分被黛西又開始發出的低頻音給淹沒了。威克探看四周，垃圾山還是靜悄悄空蕩蕩的。

哦，不，並不是。威克的雙腳像是化成了水，泰尼跑過垃圾山直衝而來，巨大的霸王龍頭部上下擺動。

「快跑！」

塔拉立刻行動，威克緊跟著她。跑下垃圾山時，塔拉腳步一滑往前倒，她伸出雙手止住跌勢，途中倒落在垃圾山，身體繼續滑動，垃圾也跟著她，如雪崩般傾瀉而下。

威克衝過去，拉她起身。

護衛犬出現在他們身前，發出轟隆隆的低沉機械吼聲。它的膝蓋彎曲，蓄勢準備往前撲。

威克僵住了。「別動。」

塔拉的臉埋在威克的肩膀上。「我不喜歡這個，我不喜歡那個聲音。」

威克緊抓住塔拉的雙肩。「妳要保持冷靜，我們需要保持安靜，不要惹惱它。」

「我忍不住的，你知道我忍不住的。」塔拉渾身顫抖。

「妳一定要，塔拉。想想辦法，妳這麼聰明，一定可以想出辦法。」

威克對護衛犬的了解不多，不知道什麼情況會刺激它發動攻擊。它像是已準備往前撲，圓滾滾的黑眼珠直盯著他們，不斷發出可怕的吼聲。護衛犬是在各人的車庫和地下室製造出來的，所以都獨一無二，擁有各自獨特的程式編碼。在過去的日子裡，威克一直認為它們很酷，也在網路上查閱了所有相關資料，而現在，他不再認為它們酷斃了。

「或許我可以晚一點再發作。」塔拉說。

「好主意，等我們一回家，妳就可以好好發作。」

「好，我盡量。」

當塔拉努力克制不要崩潰時，威克則設法讓他們慢慢往後退。護衛犬的咆哮聲頻愈來愈尖銳，同時警告的往前踏了一步。

黛西在護衛犬身後約三公尺半的地方，她來回踱步，像是在思索該怎麼辦。她又能怎麼辦？她只要一近身，那玩意兒就會把她咬成兩半。

「我們不會有事的。」威克捏捏塔拉的手臂。「我們就留在這裡別動，那人會出來叫走它。」

「那人是混蛋，他傷害了黛西。」

即使塔拉已旋即替黛西重新裝上腳，威克倒是不爭論這一點，要是那人發現他們又回來這裡，會做出什麼事呢？可能會要護衛犬攻擊他們。威克絞盡腦汁，卻想不出任何辦法。要是擁有可以使用的手機，他就會試著撥打求救電話。如果直接報警，警察當然會來吧。但是，除非附近有人經過，他才能請他們打電話報警，只是他的運氣早就用光了。

他們所能做的只是坐在垃圾堆裡，希望剃頭男會再次只給警告，放他們一馬。

「黛西，回家。」塔拉呼喊。「在那裡等著。」

黛西跑開了，沒必要冒著讓剃頭男再扯下她另一隻腿，甚至是頭部的危險。

他們坐進垃圾堆，塔拉緊緊挨著威克。媽媽曾告訴他，有自閉症的人大都不喜歡被人碰觸和擁抱。不過，塔拉不一樣，她害怕的時候，是反其道而行，幾乎是直接爬到威克身上，緊緊攀附到讓人無法呼吸。

■■■

汽車的引擎聲驚醒了威克，看到塔拉睡著了，他毫不驚訝，畢竟前一天她才熬夜一整晚。但是，他不敢相信當那頭有著尖牙利齒、猙獰大口的巨獸只在兩步遠外，自己居然可以入睡。

廂型車車門砰然打開，剃頭男拿了一杯咖啡。見到他們，他似乎毫不意外，事實上，幾乎像是很開心。

「真不敢相信。」他拍拍護衛犬的龐然大頭，然後拿出手機打電話。「記得那個髖臼設計人嗎？對，她就在這裡。」剃頭男講了幾分鐘後，掛斷電話，然後對著威克和塔拉微笑。「我空出整個上午想要找到你們，結果你們就在這裡。現在可真不知道我接下來要做什麼了，或許去看場電影吧。」

「你為什麼要找我們？」威克不知道該相信他，還是該害怕。剃頭男對待他們再度闖入的態度，遠比威克預期的還要和善。

剃頭男喝了一大口咖啡，然後用手背擦擦嘴巴。「老闆想跟你們談談，哦，其實是要找她。」他指著塔拉。「保持禮貌，稱呼她艾爾巴小姐，或是女士。」

老闆想跟塔拉談談黛西的髖臼設計，這聽起來不壞。塔拉可以告訴艾爾巴小姐或女士一切她想知道的事，然後他們就可以回家。他們還是得煩惱今天要吃什麼，但至少可以擺脫泰尼和這些人。

沒多久，一輛黑色的瑪莎拉蒂停在垃圾堆邊緣，一名亞裔女性走下車。她一身白皮衣和飄逸的紅袍，長袍幾乎垂到骯髒地面，看起來像搖滾明星，趾高氣揚的模樣也是一個樣。她在垃圾堆前停下腳步，瞄了一眼泰尼說：「退下，離開。」

護衛犬跑開了。

「你們哪一個是我的髖關節設計師？」那女人雙臂交疊打量威克，然後再看向塔拉。在這位一塵不染、打扮耀眼的女性面前，威克第一次覺得自己是如此污穢難聞。

塔拉舉起手。「是我，那髖關節設計師是我。」

「過來這裡。」

威克跟著塔拉走下垃圾山，艾爾巴小姐上前來。「親愛的，妳叫什麼名字？」

「塔拉。」

「要稱呼女士。」剃頭男雙臂交握在胸前，出口糾正。

塔拉看向剃頭男，困惑的眉頭糾結。

「嗯，塔拉，妳要不要替我工作？」艾爾巴小姐問道。

威克過了好一陣子才領會這句話的意思。工作？薪水？他們可以住到公寓，一天吃三餐。「妳也得雇用我。」

艾爾巴小姐不快的看了威克一眼。「這又是為什麼？」

「我是她的助手，同時也是她的雙胞胎哥哥。她有自閉症，必須跟我待在一起。」

「沒錯，我嚴重自閉。」塔拉附和。「但是我不在乎，因為這可能是我可以把髖關節設計得這麼棒的原因。」

「好，你們兩人都可以工作。」艾爾巴小姐轉向剃頭男。「載他們來，我在廠裡跟你們碰頭。」

「走吧。」剃頭男朝他破爛的白色廂型車點點頭，車子後門開著，裡面卻沒有座位，他們只好坐在車地板的一疊紙箱旁邊。

「有收穫嗎？」等候兩人上車時，艾爾巴小姐望著垃圾堆詢問剃頭男。

「還沒有，但我們會找到的。」剃頭男說。

艾爾巴小姐踢開腳邊的鋁罐，亮晶晶的高跟靴子彷彿拋光的銀製品。「那些白痴。」說畢，就頭也不回的走向她的跑車。

「泰尼，上去。」剃頭男拍拍廂型車的後保險桿，護衛犬就爬上車，它的重量讓廂型車後部為之一沉。威克和塔拉急急挪動到廂型車深處，直到抵住區隔廂型車座位的隔牆。

兩人緊抓住車側，以免在車子轉向時滑動，而眼睛仍牢牢盯著躺在後門前方的護衛犬。金屬巨獸揚起偌大的頭部，圓滾滾的眼珠子回瞪他們。

「我一點都不喜歡這樣。」塔拉環視周遭說道。

威克吞嚥了一下，努力壓抑心中愈來愈認為自己做錯了的感覺。「沒關係，我們先替他們做事，這樣他們就不會傷害我們，我們也可以存一些錢。」只是他一心想著可以賺到錢，卻一時忘記他們製造的可是能傷害人的護衛犬。

第六章

等後車門再度打開，他們已來到一間汽車修理廠的停車場，這裡散布著生銹的車子零件，還有許多輪胎沒氣或甚至沒了輪胎的汽車排放在格網柵欄邊，而柵欄上方還裝有帶著尖刺的鐵絲網。

威克轉頭時，瞥見柵欄另一頭的甜甜圈店屋頂上像是有了動靜。他回頭仔細探看，卻發現那裡空無一物。

「走這邊。」剃頭男指向打開的鐵捲門。

「呃，再仔細想想，我覺得我們年紀還沒大到可以在這裡工作。」威克說：「或許，我們應該回家。」

剃頭男搖搖頭。「抱歉，孩子，這件事你們得跟艾爾巴小姐討論，而且我認為她聽到你們出爾反爾，可能不會太高興。」

威克待在廂型車旁邊，塔拉緊靠著他。「相信我，塔拉會是你們有史以來最糟糕的員工。」

塔拉點頭認同。「而且，這樣還違反法律，要十六歲才能工作。」

剃頭男聞言大笑。「別擔心，我們有市長特許令，有許多跟你們年紀一樣、甚至更小的孩子替我們工作，好了，快跟來吧。」

一路上，威克的心臟不斷狂跳，他們跟著剃頭男穿過修車廠來到後方的樓梯間，再下樓到一個天花板低矮的偌大地下室。這裡大約有三十多人在明亮的光線下工作，彎腰對著各種零件，操作機器，使用噴燈，打造護衛犬。大都是童工，不過倒有一個至少年過八十歲的男人。

艾爾巴小姐已在廠裡等著，她帶他們走過油漬斑斑的水泥地面，來到一間光線昏暗、充滿菸味的辦公室，裡面有個染了滿頭紅髮的大塊頭女人一邊打電腦，一邊抽菸。

「狄席，我帶了兩個新人來為妳工作。」艾爾巴小姐的手放在塔拉頭上。「她可是專家，把她放在研發部。」

狄席「哼」了一聲。「她有什麼毛病？看起來好怪異。」

聽到被人說好怪異，威克準備等著塔拉暴怒，但她只是站在那裡，雙手癱軟垂晃，渾身顫抖。

「她有自閉症。」威克的聲音在自己耳中顯得膽怯不穩。

「好，隨便啦。」狄席起身，椅子跟著發出刺耳的聲音。她走去從一個玻璃罐中，抽出兩根黑色管子。艾爾巴小姐彎身抓起威克的手腕；另一隻手也跟著抓住塔拉的手腕。

「妳們要做什麼？」威克本能的往後退。

「別動。」狄席咬著口香糖，現在嚼得更起勁了。她放低一根管子，威克試著掙脫。

「別動，不然會疼死你，然後我們又得從頭再來一次。」狄席抬高管子，刺向他的手臂。這感覺就好像被大黃蜂螫了，蜂針愈刺愈深，又持續了好久，威克不禁發出呻吟，咬緊牙關忍住疼痛。

最後，她終於抽出管子，他才了解到這是一種注射器。「瞧？也不算太可怕吧。」

「妳做了什麼？那是什麼？」威克伸手壓住手臂，注射點還是陣陣發燙刺痛。

狄席放下使用過的注射器，在塔拉努力掙脫艾爾巴小姐的掌控時，迅速拿起另一管注射器。

「別動。」她刺向塔拉的手臂，而剃頭男拉住威克。

塔拉在針頭刺進她的手臂時，恐懼又疼痛得尖叫出聲。

等到艾爾巴小姐和剃頭男放開他們，塔拉抱住威克，威克也緊緊擁抱他的雙胞胎妹妹，溫柔的哄著，「沒事了，現在已經結束了，都結束了。」

狄席和艾爾巴小姐站在一旁等著。

「離開門邊。」狄席抓著門把說道。威克帶塔拉走開，然後狄席打開門大喊：「泰尼，過來。」

威克還沒見到泰尼，就已聽見它的金屬爪子敲過水泥地，接著在光線底下顯得耀眼閃亮的鉻金屬身軀就填滿了整個門口。

狄席低頭看著威克和塔拉。「我們注射到你們身上的是一種追蹤器，如果你們逃跑，泰尼就會知道你們的去向，會去追捕，並且把你們拖回這裡，懂了嗎？」

威克越過狄席的肩膀，見到牆壁上有一扇高窗，窗上加了厚實的鋼條。威克想告訴這女人，說他們在光天化日之下強行帶走小孩，絕對難以逃過制裁。但事實是，他們當然可以這麼做，因為根本沒人會來尋找威克和塔拉。

狄席對塔拉伸伸手指頭。「過來，我帶妳去看妳工作的地方。」

威克跳起來。「我們必須在一起，她不能自己一個人。」

狄席一臉不悅看著他。「她不會自己一個人。」

「我是說，她必須跟我在一起，不然她會抓狂。」

威克說的每個字似乎都讓狄席更為火大。「你知道你妹妹的問題在哪裡嗎？我給你一個提示，才不是自閉症，而是太膽小了。她得要堅強起來，現在正是開始的好時機。」

艾爾巴小姐輕快的點點頭。「她會適應的，我們要你做別的事。」

狄席剛彎腰拉塔拉起身，塔拉就開始哀號。威克好想跟著她，但艾爾巴小姐拉住他。

「你們不懂，她無法控制的。我必須跟她在一起，不然她就沒法替你們工作。」

「夠了，我們走吧。」艾爾巴小姐帶著威克到主要作業區，到一個膚色黝黑、年齡和威克相仿的瘦高女孩旁。艾爾巴小姐吩咐那女孩教威克怎麼操作，說完就走向出口，完全不理會威克說著塔拉的事。威克不斷抗議，尾隨她到門邊，剃頭男卻擋住他的去向。「小鬼，回去工作。」

聽到塔拉的哭號，卻沒辦法幫她，可真是折磨。他走回工作桌和那高個子女生站在一起，眼睛卻還是盯著他們帶塔拉離開的那扇門。

「現在你無能為力。」那女孩說：「你起碼得先假裝在工作。」她的名字叫伊絲特，她說自己已在這地下室工作了三個月。威克早已從塔拉那裡學會足夠的機器人DIY基本原理，所以可以裝作已逐漸抓住訣竅，和她低聲交談。只是當塔拉在另一個房間哀號時，實在很難專心。

「艾爾巴只在乎賺大錢，像是要有私人飛機，以及一大堆保鑣。」伊絲特一邊弄著機器脊骨一邊說著。她用橡皮筋把鬈髮綁在後頭，免得頭髮落在臉頰。「她認為護衛犬就是她的入場券。」

「她以為製造護衛犬可以讓她有錢到擁有私人飛機？」

「護衛犬不再是人們在車庫製造的業餘愛好了。」伊絲特用沾上油污的腕背拭去額頭的汗水。「幫派開始收購，就連有些普通人也想買來保護自己不受幫派威脅。一堆小型的地下商店紛紛出現，在流落這裡之前，我就是這樣維生，就跟朋友偷取家用機器人，拆解後用來打造護衛犬。」

威克努力壓抑驚訝的神情，這個十三歲女孩靠偷機器人來製造護衛犬維生？

「艾爾巴想要設法把所有小型商店搞到破產，然後壟斷市場，在芝加哥這裡創造出護衛犬王國。」

「利用人質來打造。」威克說。

「就像我說的，她會不計一切來達到目的。冷酷無情簡直是她的中間名，她幾乎可說是擁有這部分的城市。警察按照她的話去做，幫派也不敢惹她，我真驚訝你沒聽說過她。」

「是呀，我們不常出去探聽。」威克說：「我們一直盡力不跟別人打交道。」他環顧周遭。「看來這也沒什麼好處。」

在另一個房間，塔拉仍在哭號，聲音愈來愈嘶啞。

「你是野馬嗎？」伊絲特問。

「什麼野馬？」

伊絲特看了他一眼。「就是街頭流浪兒，孤兒。」

「哦，對，我們的媽媽在八個月前過世了。妳呢？」

「我在街頭流浪了三年，本來是在離這裡幾個街區外長大，但爸爸失業後，我就被親戚踢出門，說是養不起我們所有人。他們留下我兩個姊妹，趕走我和兩個兄弟。」

威克胡亂摸索，差點掉落手中使用的小型套筒扳手。「好殘忍，他們是怎麼決定誰留誰走？」

伊絲特聳聳肩。「就是看誰好，誰又不好呀。」她一副就事論事的語氣，但是說的時候轉開了頭。威克敢說這件事仍舊讓她心痛。

在隔壁房間，狄席大吼，「妳想要哭個夠？妳不工作，就不能吃飯，妳喜歡這樣？」

伊絲特必定見到威克退縮了一下。「你得跟你妹妹談談，如果她讓他們不好受，他們可就會讓她的日子難過，就連你也一樣。」

跟妹妹談談……如果情況不是這樣，他可能會對這句話大笑。「她有自閉症，這種狀況就像是腦袋裡的開關打開了，她無能為力，就跟沒法子要風兒不吹一樣。」不過，當泰尼在垃圾場逼近他們時，她的確有設法克制。或許，她已經逐漸可以控制那個開關了。

一隻護衛犬噹啷噹啷經過他們，除了黃色眼珠之外，一身全是漆黑的鋼鐵，體型大到可能無法穿過正常大小的門。它其實看起來不是那麼像灰熊，因為它的嘴巴更寬更大，四肢較瘦長，也沒有耳朵，只是威克習慣用最像的動物來思考護衛犬的類型。

這隻灰熊穿過一道雙扇門扉的門口，進入工廠後方。威克思忖，艾爾巴小姐到底有多少隻護衛犬。

第七章

晚餐是其他人吃剩的午餐，火腿三明治有異味，有些還被吃了一半，貝果麵包也有怪味。威克趁別人不注意時，把手中半個貝果塞進口袋。

等到上床睡覺時，他把貝果塞給塔拉。他們睡在工廠地板上的床墊，而床墊看起來和聞起來都像是從垃圾場搬回來的。塔拉髒兮兮的臉蛋還掛著淚痕，眼睛紅通通的。

「我想吃馬鈴薯泡芙。」她低語。「還有搭配美式乳酪培根脆酥的墨西哥雞肉烤餅，不要煎太久，邊緣不要太脆。玉米棒要用奶油，不可以用人造奶油。」

「看在老天的分上，安靜一點。」那老人說道，他的名字叫作亞瑟。

威克緊閉眼睛，不知道自己能否理智的接受這一切。他張開雙眼，做了好幾次深呼吸，試著克制自己。

有東西竄過地板。

威克立刻坐起來，雙腳抽離床墊邊緣。是老鼠嗎？

「怎麼了？」塔拉問。

「妳看到了嗎？」

「什麼？」

它衝上威克的床，害他尖叫一聲跳下床，心臟劇烈跳動。從走廊透進來的微光，讓他可以比較清楚的看到它了。

是黛西。

「她是怎麼找到我們的？」威克聲音沙啞的輕聲問道。

「我不知道。」

她不知道怎麼辦到的，居然打開上了號碼鎖的兩道沉重鋼門，威克和塔拉自由了，只除了身上還有追蹤器，以及泰尼的威脅。

「我不管。」塔拉聽到威克提醒她泰尼的事時說：「我不管，我就是要離開這裡。」

「把那該死的東西丟出去，快點上床睡覺。」亞瑟從他的床上說道：「他們會殺死你們，可不會放任不管。」

「你住口，少管閒事。」塔拉回嘴。

伊絲特一直在附近徘徊，默默注視著一切，現在她靠過來。「我無意打擾，不過我要走了，很高興認識你們兩人。」威克還來不及回答，她就往門口走去。

至於其他人，有些也跟隨伊絲特的腳步，但不是全部，甚至也不占大多數。威克不知道該怎麼做，他不想留下來，一分鐘都不想多留，但要怎麼應付泰尼呢？

泰尼會立刻現身追捕嗎？還是他們可以搶得先機？或許泰尼現在被關在什麼地方，直到狄席或艾爾巴小姐發現他們不見了，才會被派出來追捕他們。

塔拉抬起頭，直直看向威克的右側。不是離他右側幾十公分，而比較像是十幾公分。就他記憶所及，這是她最接近直視他的一次了。「拜託，我不能留在這裡，我會死掉。」

黛西跳下床，走向門口，到半途時，又轉身回到他們身邊。

「好吧。」

「你們瘋了。」房間另一頭的黑暗中傳來一個孩子的叫聲。

「讓他們去。」亞瑟說：「他們會學到教訓。」

他們走向門口，黛西跟在後頭，一起爬上樓梯。他們穿過靜悄悄的修理廠，從側門離開，這扇門的玻璃上有著跟黛西身體大小相仿的尖銳破洞。

一到外頭，他們就拔足狂奔。

「我們得找到警察局。」威克說。只是警察會保護他們嗎？伊絲特說過警察對艾爾巴小姐唯命是從。

黛西往前急奔，卻突然轉向左方，然後回頭確認他們有沒有跟上。黛西好聰明，遠比威克所見過、甚至是電視上看到的任何機器人還聰明。什麼樣的機器人會了解到主人身處危險，還設法前來營救。要是她的體型可以大十倍，他們就用不著擔心泰尼了。

威克停下腳步。「等等。」

黛西也停下來，環顧四周，顯然在警戒有無危險。

「塔拉，妳能不能打造一隻像泰尼一樣的護衛犬？」

「不。」

「哦。」威克努力不要流露出失望的神情，他其實並不訝異這樣的回答，只是原本希望——

「我是說，我可以。」塔拉繼續說：「但我才不會。那真是可怕的設計，我可以做得更好。」她搖搖頭。「更好更好。」

威克爆出笑聲。「好，讓它更好更好，妳能給它黛西的腦袋嗎？」

塔拉像是大吃一驚。「這主意妙極了，你真是天才。」

「黛西。」威克叫喚。「帶我們回去屋頂的家，妳就要有新裝扮了。」

第八章

威克站在塔拉後頭等候，重心不時在兩腳之間轉移。塔拉打開又合上取自空調葉扇和大卡車鉸鏈所打造的上下顎；軀幹主要是借用家用機器人的零件。突然間，他們之前堆積在屋頂上一堆堆看似無用的東西，可能會拯救他們的性命，儘管威克的設計和打造工夫都很遜，卻可以來回幫忙找尋合適的零件。

「妳需要什麼？」他問。

「安靜。」

威克閉上嘴巴，這實在很難熬，因為不知道在泰尼現身前，他們還有多少時間，也不知他拿鋼條卡住進入屋頂的門，能不能擋住泰尼。

既然塔拉不需要他，他就走向黛西勤奮工作的地方，她做的東西可能很快會成為她的後腳，目前看起來很不錯，弓形的腿部瘦長但看起來有力。黛西已經完成前腳，利爪搭配有如松鼠的雙手，而不是狗兒的腳掌。威克還是不太相信這個小機器人正在協助設計自己的新身體。機器人才不會設計，就連高端的家用機器人要是沒有人下指令，甚至無法決定要購買什麼品牌的咖啡。它們會在超市的咖啡區站上一輩子，陷入做決定的無窮迴圈。

黛西放下一隻腿，然後拾起另一隻。

威克毫不訝異塔拉打造出如同狗兒的外型，雖然新的護衛犬擁有松鼠雙手和尖鼻子，但跟其他東西相比，它看起來還是最像狗兒。塔拉一直想要養狗，但是媽媽始終沒辦法，因為大部分的公寓都不准養狗。在芝加哥，沒有養狗就已經夠難找到公寓的了。

從外型看來，它不會有尾巴。大部分的護衛犬都沒有，因為尾巴在機器人身上沒有用處。大部分也都至少有四隻腳，因為可以讓動作更為迅速。此外，兩隻腳的護衛犬很容易翻倒。

和黛西相對的另一邊屋頂，傑克和可柔伊仍然在工作，不斷把零件從綠桶搬進紅桶，又搬回去。

「可柔伊，夠了，住手。」威克大喊：「傑克——」

此時，屋頂門的後方傳來低沉的金屬吱嘎聲，威克頓時恐懼暈眩。泰尼把他們困在垃圾場時，就曾發出同樣的聲音。門上尖銳的撞擊聲更讓他瑟縮起來，而且幾乎立即又出現另一個撞擊聲。

威克顫抖的走了幾步，來到可以見到屋頂門的地方。門是由厚實鋼板製成，鉸鏈雖然生銹了，但是穩固的鋼製側板仍牢牢固定在門框上。

再一個撞擊聲。泰尼一定是從裡面撞著門，而且咆哮得更大聲了。

「你們讓我站在這裡愈久，我就會愈生氣。」狄席大喊。門把嘎嘎作響。「開門，馬上開門。」

威克轉向塔拉，看到她一邊自言自語，一邊忙著把上下顎安裝到頭部。「塔拉，可以用就好，之後再把它弄到十全十美。」

塔拉沒回答，她太專注在手頭的工作，可能根本沒聽到泰尼和威克的聲音。威克打量散落各處、即將組成護衛犬的部位，努力推測還要多久才能完工。他看不出來，可能不到一小時，也可能要六小時。

他跑向側倒著的一臺壞冰箱，從它的後方用力推，再往前滾，一直滾到擋住屋頂門為止。

「去抓他們，快去。」狄席在門後催促泰尼。

門在泰尼的撞擊下，猛烈的嘎啦嘎啦顫動。它又撞擊一次，門的中央稍稍鼓起。威克環視四周，拿起一具家用機器人空殼放到冰箱上方，然後又跑去找其他沉重的物品。

隨著一小時後黎明到來，威克已急速在門邊堆起所有一切。「咚」

的一個悶沉碎裂聲後，最上面的絞鏈突然斷裂。接下來，泰尼撞擊門的聲音就變了，變得咔啦咔啦、較為鬆垮的聲響。

威克轉身面對塔拉。「妳到底快做好沒？只要直接組合出可以移動的東西就好了。」

塔拉用力吞嚥，除此之外再沒有別的反應。

他轉向黛西。「黛西，快一點，沒時間了。」

黛西似乎聽懂了，至少她不再擺弄肩膀的前方關節，改而著手別的部分。

泰尼再度撞門；門的上方變形，露出一公分的縫隙。

「快點，快點。」

等威克再次確認進度時，黛西不見了。威克張嘴想要詢問她到哪裡去了，隨後便了解到，塔拉已把她和護衛犬結合，黛西成了護衛犬。

化身護衛犬的黛西彎彎左前膝蓋，然後右邊，像是在試驗關節的靈活度！

塔拉繞著她轉，一下調整，一下轉緊，活像驕傲的媽媽在操勞孩子的事。黛西的新身體不算漂亮，但現在已經完成，看起來比較像是狼，而不是狗，只是這是一隻擁有強勁後腿、較小且靈活的前腳，以及可以像松鼠那樣以腰腿坐直的狼。她的體型和德國牧羊犬相仿，只是身上的鋼板布滿刮痕和凹痕，而且色彩雜亂撞色，不像泰尼那樣協調。在一些部位，還可以直接看到一堆關節、電線、鋼架和電子零件的內部狀況。她的眼睛安置在露出一口鋼牙的長長口鼻兩側，恍如卡通裡的動物，圓亮又大得誇張。

塔拉看向屋頂門，可能是初次發現它被撞凸了。「你可以打開它了。」

再一百萬年，威克也不會想到要幫助那金屬怪獸進門來，但要是黛西準備好了，那又何必等待？

威克蹲下來。「黛西，妳準備好了嗎？妳可了解到要做什麼？妳必須保護我們。」

黛西點點頭。

威克從門前那堆障礙物上拿下一臺吸塵器，扔到一旁。等他轉身準備移走別的物品時，黛西已走到他前方，抓住這堆東西底部的冰箱一端，順勢一抬，整堆障礙物就此在屋頂上傾瀉一地。黛西推開冰箱，冰箱跌進散落四處的雜物之中。

泰尼繼續撞門，中間的鉸鏈也斷了。唯一撐住門的是威克卡住的鋼條，他伸手到鋼條上。

「準備嘍。」

塔拉退後了十幾步，來到黛西的正後方。威克抬起鋼條，「噹啷」一聲丟向地面，旋即跑到塔拉身旁。

等泰尼再次撞門時，鋼門便轟隆倒地。

泰尼踏過門口，狄席跟在後頭。看到全新改造的黛西後，狄席的微笑隱去了。

她對威克搖搖手指。「如果那個活動的垃圾堆敢刮傷泰尼抛光的身體，你們可就慘了。」

威克的喉嚨乾澀，心臟狂跳到不知道說不說得出話。泰尼是黛西的兩倍大，嘴巴更是大到可以一口咬下黛西的頭。威克撥開眼前的頭髮，靜觀其變。

「我想知道你們是怎麼打開修車廠的門的。」狄席說。

「而我想知道妳那張醜臉是怎麼來的。」塔拉反脣相譏。

威克緊張的大笑。

狄席指向黛西。「撕裂它。」

泰尼往前衝。

黛西跑開。

「不，黛西，妳得戰鬥！」威克大喊，看著泰尼追著她半跑過屋頂一個轉彎處。

黛西驟然停下腳步，用她松鼠般的前腳抄起一根三呎長的水管，轉身面對衝向她的泰尼。她揮動水管擊中泰尼的側臉，留下一道明顯的凹痕。泰尼的眼珠在凹處深陷破裂，無法轉動。

威克往空中振臂揮拳，高興的吶喊。

泰尼再次衝向黛西；黛西朝同樣的位置再度揮棒，讓鋼板更加凹陷，接著在泰尼用碩大的前爪揮擊時，低頭閃躲。黛西順勢轉身避開泰尼的攻擊範圍，她四腳著地，仍抓著水管。

這回泰尼不再一味猛衝了，它頭部的側面恍如遭遇火車事故，兩邊頭部的接縫處出現一道深溝。

「泰尼，去抓她。」狄席催促。

黛西朝著泰尼直奔而去，雙方彷彿就要迎頭撞上。不過，黛西在最後關頭縱身一躍，跳過泰尼的龐大身長，接著扭身正對泰尼的尾巴，伸出利爪一揮。她抓過泰尼後腿內側，然後在泰尼拖著被攻擊的腳蹣跚轉身時，退到對手所不能及的地方。

黛西繞過跛腳的護衛犬，衝向一方，然後又在泰尼以完好的眼睛盯住她時，倏然改變方向。黛西找到泰尼眼盲那一側的破綻，再度揮擊，這一次是瞄向前腿和軀體內側的接縫，並且在泰尼張口一咬時，急忙跳開，讓對手的巨顎猛然咬空。

泰尼兩隻腳受損，更加笨拙跛行。黛西轉向泰尼眼盲的那側，急速向前衝，然後利爪卡進泰尼頭頂的裂縫，用力一拉；泰尼不斷狂咬，想要咬住她。裂縫愈來愈大，大到泰尼左側頭部裂開，露出馬達驅動模板、橘色電線、電腦晶片、電容器和太陽能電池。這真是威克所見過最美麗的光景。

「泰尼，回來，過來這裡！」狄席大喊。

泰尼急急後退，同時拖動黛西。

「黛西，住手，夠了。」塔拉說，黛西放開泰尼的頭部，回到威克和塔拉的所在處，而泰尼撤退到狄席站立的屋頂角落。

威克不敢相信塔拉居然要黛西住手。「妳為什麼要這樣？」

「她可能會殺死泰尼。」

「塔拉，那可是機器吔！」

塔拉只是盯著他後方，半閉上眼睛。他幹嘛還去說服她？當塔拉穿著她的綠T恤時，還會害怕她的白T恤感到寂寞和被人拒絕。不管怎樣，或許讓泰尼殘缺不全、一瘸一拐回到艾爾巴小姐身邊，比起完全沒回去更能清楚表達他們的立場吧。

他們盯著屋頂另一頭的狄席，狄席要經過他們才能來到門口。

最後，塔拉終於打破沉默。「看來泰尼的拋光外表可能要好好擦亮。」

威克爆出笑聲，泰尼可是一副遭到火車撞擊的模樣。

狄席僵在原處，知道要是他們讓黛西上前攻擊，她永遠沒辦法走出這棟建築。

「我們不想打鬥，但要是妳不肯放過我們，我們就會派我們的保鑣去找妳，艾爾巴小姐也一樣。」威克說：「還有剃頭男。」

狄席張嘴想要說話，但看到黛西又重新考慮。「來吧，泰尼。」她繞道走向門口，而且保持在外圍，盡可能遠離黛西，泰尼踉踉蹌蹌跟在後頭。在他們倉卒下樓時，泰尼那隻失去作用的後腳不斷撞擊著階梯。

「你們最好快跑！」塔拉雙手握拳，在狄席身後大喊，接著伸出手輕拍黛西。「乖女孩。」

威克對黛西投以全新的敬意，非常訝異她如此聰明的戰鬥策略。僅僅兩秒鐘，她就判斷出自己可以持用武器，而泰尼不能；也同樣迅速辨識出泰尼的弱點。她怎麼知道要這麼做？沒有機器人可以在不經人類的指揮下，進行這樣的戰鬥。

「妳說妳不知道黛西有怎樣的本事，是因為她的頭腦是藉由妳在垃圾堆找到的晶片打造而成。是什麼樣的晶片？妳是從什麼東西擷取下來的？」

「不是從東西上擷取下來的，就是前幾天呀，你也在場。記得嗎？你叫我不要再玩它，快點繼續挖垃圾。」

他想起來了。「妳當時說它很怪異。」

「它的確很怪異，我完全搞不懂。」

而現在，整個垃圾場都被隔開了，一整隊替護衛犬首腦工作的人在裡面細細翻找。

你們還沒找到嗎？艾爾巴小姐曾這麼問剃頭男。

他的心跳像是換了檔，開始緩慢而沉重的跳動。「妳是在上層直接找到的，幾乎用不著挖掘，對吧？」

「是呀，你怎麼知道？」

「因為它才剛被倒進垃圾場，有人不小心丟掉它，而艾爾巴小姐翻遍整個垃圾場就是想要找回它，因為它很特別。」

塔拉伸手捂住嘴巴。「哦，我的天，一定是這樣。」

黛西拿起剪鉗和一捲二十二號線規的電線，開始處理膝蓋，可能是在改善缺失，也可能在增強她的新身體。威克入迷的看著她的動作，而塔拉連忙過去協助。

第九章

四小時後，塔拉和黛西似乎都滿意了。塔拉走到威克身邊猛然坐下，威克躺在一張舊地毯上看著她們工作，不時打起盹兒來。黛西的身影消失在通往樓下的門口，而她的模樣變得更好了，接縫處更為密合，移動時更為安靜，金屬部位不再互相摩擦。只是，她仍舊像是全世界最醜的拼布作品，身體部位來自家用機器人，呈現各種不同顏色。

此時，遠方傳來救護車的鳴笛聲。

「我們得快點離開這裡。」威克說：「他們會再來的。」

「我們去別的地方又有什麼差別？他們馬上就知道我們在哪了。」

威克跳了起來，他都忘記他們手臂上有追蹤器。

「別擔心，黛西會保護我們。」

「不是所有東西她都有辦法擋下的，他們可能有槍。」威克一說出口就後悔了，所以試著改變說法。「他們也可能不再理我們。」

塔拉瞪大眼睛看著他。「只是不可能這樣。他們可不是那種會認為『好，我們扯平了』的人，而是會一直追著我們，不斷追上來。」

他們必須取出手臂裡的追蹤器，只是，那又不是隨便就可以拿出來的大東西，而是小到可以透過針尖傳送的晶片。

只是，為什麼伊絲特那麼迅速就逃跑了？為什麼不怕泰尼會去追捕她？

威克微笑，因為她和朋友專偷家用機器人，而所有的家用機器人都有追蹤器，他們必定知道怎麼解除晶片功能。

他站起來。「我們必須找到伊絲特，她可能會清除追蹤器。」

「你以為？」

「黛西。」威克呼喚，黛西在逃生梯上現身。「我們要出門走走了。」

問題是，威克不知道伊絲特住在哪裡。又不是說他可以從電話簿上查到她的住址，他唯一想到的辦法是到處問人，只是他非常痛恨在街上和陌生人說話。

天色愈來愈暗。正常來說，天黑後，他們會像躲瘟疫那樣，避開街道；但是有黛西在身邊，威克出現一種奇妙的自由感。有黛西的陪伴，那些夜間在街角遊蕩、面目凶惡的人們，似乎不再那麼可怕了。

走了幾個街區之後，黛西開始拉遠跟他們的距離，稍稍進行一些偵察工作，就跟她還只是一隻小小機器狗時一樣。

當他們走進梨樹當鋪時，她在外頭等候。

當鋪老闆莫特見到來訪的人時，揚揚她的白眉毛。「不覺得對你們兩人來說，這時間外出可有點太晚了嗎？」

威克說明他們要找的人，只是沒有詳細解釋其中的原因。

莫特不知道。「城裡可能有五十家像這樣的拆解店，大都位於這裡的南邊，只是你們可不會想接近那個區域。」

一起吃了半盒莫特給的椒鹽餅乾後，他們就往南走了。威克了解在一個大城市中找到人的機率接近於零，但是他不知道還能怎麼辦，他們必須找到伊絲特。

沒多久，他們來到一處犧牲地帶[1]，扭曲的鋼筋和混凝土形成的土堆擋住了去向，他們只好從外圍繞過。城市有些區域變得極為殘破，所以只好打掉建築物，原本市政府是該有朝一日把它清理乾淨，改為公園之類的。

他們轉過一個角落，差點撞上三個人，他們全有著一頭染成慘白的長髮。

中間那人又高又結實，他伸出戴著手套的手。「哇，你們這些小鬼來我的地盤做什麼？」

威克東張西望，發現黛西選擇了一個閒晃離開的壞時機了。「只是想找個人，你可認識一個叫伊絲特的女孩？」

「我看起來像什麼？尋人的查號簿嗎？」那大個子朝威克彎彎手指。「把背包給我，掏空你們的口袋，你女朋友的也一樣。」

「我是他妹妹，不是女朋友。」塔拉雙手握拳，仰頭往天空放聲大喊：「黛西！」

大個子看看他的朋友，他們哄然大笑。「黛西？她是誰？你們的姊姊嗎？」他的雙手放在臀部。「別讓我再說一次，給我背包，還有口袋。」

威克聽到人行道傳來黛西爪子的敲擊聲，也確切知道她什麼時候出

---

1 意指因為環境損壞和經濟撤資，長期失修的地理區域。

現在身後的轉角，因為那三人的臉色全變得跟他們的頭髮一樣白。

「這是我們的姊姊，黛西。」威克說。

硬漢先生吞嚥了一下。「你們到底從哪裡弄到這玩意兒？」

「護衛犬商店，他們現在在大特價。」塔拉說。

威克非常樂在其中，因為這八個月以來，這樣的傢伙一直在威脅他們，他很樂意見到這些人像是嚇得要尿褲子了。

「就像我剛才說的，我們在找一個叫伊絲特的女孩。她是野馬，常跟經營拆解店的其他孩子混，一起製造護衛犬。」

這些人交換了眼神，然後聳聳肩，彼此搖搖頭。「不認識。」

威克雙臂交疊。「嗯，我確信你認識知道她的人，既然這是你的地盤。你有手機嗎？」

那人伸手到他的後口袋，黛西身體往前傾，發出強烈的咔嗒聲，直到對方給她看那只是手機。

「你們兩個呢？」威克問。

另外兩人也拿出手機。

「很好，現在打電話給你們每一個朋友，直到找到認識伊絲特的人為止。」

他們開始撥號，威克和塔拉靠著牆，看著那三人講電話。

「真是太酷了。」塔拉說：「做完這件事之後，我們讓他們跳舞吧！」

這場電話馬拉松才開始不到十分鐘，左邊的那傢伙就轉向威克。

「這個叫伊絲特的女孩，是不是離開了好一陣子，又剛回來？」

「就是她。」

「他們的工廠在西栗街的一處廢棄教堂。」

謝過這些傢伙之後，威克和塔拉大笑著離開。

「真是太棒了。」塔拉說。

威克看向咔噠咔噠走在他們身後的護衛犬，心想既然她這麼有本事，是不是也內建GPS和地圖。「黛西，謝謝妳，能不能告訴我們怎麼去這間教堂？」

黛西點點頭，在前方帶路。

塔拉說得對，這真是太酷了。

第十章

那間教堂叫作聖博義教堂，是一棟擁有兩座鐘塔的紅磚建築，高聳的木製大門並未上鎖。

教堂有著挑高的弧狀天花板，以及寬敞的長形廳堂。不難想見它必定一度輝煌，現在卻處處垃圾，牆壁上滿是塗鴉。

「伊絲特？」威克大喊。

沒有回應，或許染成白髮的傢伙騙了他們。接著，他靈光一閃，想到自己何必這麼麻煩。他轉向黛西說：「看看這裡有沒有人。」

黛西跑開了。

威克走過去坐進教堂長椅，但是椅子布滿灰塵和掉落的灰泥。他把自己和塔拉的背包放在長椅間的地板上，等待黛西回來。

「我喜歡這裡。」塔拉凝視著天花板。

「我不喜歡，感覺天花板隨時可能倒塌，而且這裡讓人毛骨悚然。」

「才不會毛骨悚然，是寧靜祥和。」

黛西從連接大廳側邊的拱門現身。

「妳找到人了嗎？」威克問。

黛西點點頭，然後轉回剛剛來的地方。她帶著他們走下樓，穿過旁邊是一間間主日學教室和辦公室的走廊，然後再走下另一道較窄的樓梯，進入另一條走廊，這裡漆黑一片，只有一道門縫底下透出銀色的光線。

威克敲門，鋼製的門片讓他的指關節隱隱作痛。「伊絲特在嗎？是我們，威克和塔拉。」

門的另一側，鋼條抽開了，門鎖「咔嗒」一聲。門稍稍拉開幾公分，出現了伊絲特的臉蛋，黑色鬈髮鬆開，不再用橡皮筋綁在後頭。她看起來很高興，又有點驚訝。「你們怎麼找到我的？」然後，她注意到黛西，旋即瞪大了眼睛。「那是你們的？」

「嗯，是塔拉做的。」

伊絲特把門拉得更開，她身上是一件沾染油漬的牛仔褲和無袖的黑色T恤。「難怪艾爾巴要抓她。」她踏出門口，仔細端詳黛西。

另外兩個人出現在門口，一個是年約十五歲的黑人少年，雙臂覆滿刺青，手中拿著一根鋁製球棒；還有一個大約五歲，身材瘦小，有著一雙大眼睛的黑人小孩。威克立刻認出那個年長的孩子，他就是那天敲打他們的逃生梯，大笑說要上來抓他們的傢伙之一。

「這是我的弟弟諾斯，而那是藍道。」伊絲特說。

「你們是誰？」藍道的球棒對著地面，但似乎不太高興見到陌生人出現在他門口。

「我是威克，她是塔拉，我們當時和伊絲特一起困在血汗工廠。」

伊絲特轉身。「就是他們救我出來的。幫助我們逃出去的那個小東西呢？她還跟著你們嗎？」

塔拉的手放在黛西頭上。「她就在這裡。」

威克解釋了事情經過，伊絲特的眼睛睜得愈來愈大。在他敘述過程時，另一個孩子出現在門口，就是那個有著長長雷鬼辮的白人傢伙，那天晚上威脅他們的另一人。他看起來像是快十四歲，脖子壯得跟後衛球員一樣，伊絲特說他叫作托屈。

「我想我猜得到你們為什麼要不辭辛勞找到我。」伊絲特聽完威克的遭遇後說：「是追蹤器，對吧？」

「妳有辦法取出來嗎？」威克問。

「是，我們可以解除它的功能。來吧，趁你們還沒把艾爾巴引到我家大門前，趕快做完這件事。」伊絲特帶領他們走進一個天花板低矮的長形地下室，這裡有幾張小床沿著一面牆邊擺放，一架破舊的鋼琴上面堆滿發霉的讚美詩譜，一道拉起的簾子露出後方的沐浴和洗手間，中央還有一些低矮工作檯堆著工廠設備、電子和機器人零件。

托屈嫌惡的「哼」了一聲，就走向地下室最遠的那一頭。

「你有什麼毛病呀？」伊絲特問。

他皺皺鼻子。「他們聞起來跟垃圾一樣，他們的護衛犬也是。」

伊絲特雙手放在臀部。「我不知道你有沒有注意到，其實你身上的味道也不怎麼樣。」

「跟他們相比，我聞起來可像該死的玫瑰花瓣呀。」

伊絲特閉了一下眼睛，搖搖頭。「藍道，可以替他們解決嗎？」

藍道漫步走到工作檯，抽出一根鋼棒。「每個人五十美元。」

伊絲特低聲咒罵了幾句。「他們幫過我吔，讓我離開那裡，可是遠比你好太多了。」

藍道聳聳肩。「又怎樣？他們幫助妳逃出來，可沒幫過我，而且擁有設備的人是我。」

伊絲特氣餒的呼了一口氣。「好，算在我頭上，每個人二十美元。」「行，妳的信用很好。」藍道動動指尖召喚塔拉。「妳先，過來，是哪一隻手臂？」

塔拉指指左手臂，藍道便把她轉過來讓左肩對著他。他拿鋼棒刷過左肩。「好了，換你。」

在藍道拿那根冰冷鋼棒揮過他的肩膀之後，威克覺得如釋重負。現在，他真的完全脫離艾爾巴小姐和狄席的掌握了。藍道解除追蹤器時，伊絲特和托屈繞著黛西打量，有時還彎身仔細觀察細節。

「是有點粗糙，但考慮到妳要處理的東西，這還是做得很棒。」伊絲特看著塔拉。「全是妳一個人做的？」

「不全是。」塔拉說。

「威克有幫妳？」

塔拉搖搖頭。「是黛西。」

托屈發出刺耳的笑聲，他有一雙凸出的魚眼，笑的時候會露出牙齦和一口齙牙。「很好，你們的護衛犬會幫忙設計自己的身體，接下來她會一邊寫書，一邊放屁演奏〈聖誕鈴聲〉。」

「嘿，黛西。」威克掃視他們的工作檯，看到上面放著一隻浣熊大小的護衛犬半成品。「妳可以弄好它嗎？」

黛西走過去，檢視了一下那隻護衛犬。威克萌生一種興奮的期待感，在這傢伙對屋頂的他們做了那種事之後，能讓他閉上他的大嘴巴，感覺必定好極了。

黛西拿起手提式帶鋸機，開始工作。

威克轉向托屈。「你想要她在工作時，放屁演奏〈聖誕鈴聲〉嗎？」

托屈盯住黛西不放。「這一定是什麼把戲，護衛犬怎麼可能會製造護衛犬？」

「塔拉可是電子天才。」威克說。

「吹牛。」托屈指著黛西。「野馬小女孩才不可能靠垃圾回收物，設計出那玩意的腦袋。」

威克遲疑了一下，不確定這些人值不值得信任，他是不是可以說出實情。

「威克，說吧，我們可是同一國的。」伊絲特說：「如果艾爾巴得逞的話，過不了多久，我們可全都要在她的血汗工廠過活了。」

不過，威克還是很猶豫。他不喜歡藍道和托屈，也不信任他們。他們早就顯露出為人，之前在塔拉放聲尖叫時，還把逃生梯弄得嘎嘎作響。

兩人也都有那種走路姿態，就跟所有自認硬漢的其他孩子一樣，雙臂總是垂在身側晃動，然後隨著腳步稍稍揚起。威克真好奇他們是不是對著鏡子練習過，而威克的朋友就只是走路而已，不會試著走路耍酷、耍強，只是走路而已。

他提醒自己，是以前的朋友，那些人已有好幾個月沒跟他聯絡了。只是要跟一個沒有電話、沒有住址，只能在公共圖書館上網的人保持聯絡，的確非常困難。

托屈站在黛西旁邊，看著她工作。「知道嗎？我才不在乎她是怎麼來的。除了製造護衛犬之外，我們還能用她來做什麼？這才是我想要知道的事。」

塔拉雙手放在臀上。「她不是你們的，是我們的。」

托屈高舉雙手。「我是說『我們』，這個我們就包括你們。我是說，藍道才剛幫你們解決麻煩了，不是嗎？」

「是伊絲特幫我們解決的，藍道對一個只花他十秒鐘的動作，要求五十美元。」他決定該攤牌了，大家就會了解各自的立場。「而且他還捶打我們的逃生梯底部，大喊說要上來抓我們。」

伊絲特皺眉頭。「呃？你在說什麼？」

托屈指著威克。「那就是你們？」他仰頭大笑。

「哦，我們當時只是想騙騙你們啦。」藍道說。

「他們做了什麼？」伊絲特的視線從藍道看向威克。

塔拉雙手環抱，聽著威克敘述當晚的事。

「你們嚇我們。」塔拉聽完後說：「豬頭，你們不應該笑的。」

伊絲特搖搖頭。「真不敢相信，你們果然是豬頭。」她看著威克。

威克只是聳聳肩，來到這個工作坊，置身在贓物之中，他感覺不太自在。

「我真的很抱歉。」

「等等，你們想吃點東西嗎？」伊絲特問。

「我真的好餓，快餓死了。」塔拉說，威克根本來不及回答。她東張西望問說：「你們有墨西哥烤餅嗎？」

「我們沒什麼東西，時局艱難呀。」托屈舉起一根手指頭。「嘿，我有個主意，何不叫你們的護衛犬去找食物。如果這小子是該死的這麼聰明，應該可以找到食物。」

「她是女生，才不是小子。」塔拉說。

威克瞇起眼睛。「你說的『找到』是什麼意思？你們要去哪裡『找到』食物？」

托屈手臂交疊，二頭肌的肌肉顯得更加突出。「好，就是偷啦，你們何不讓她去偷點食物？」

威克搖搖頭。「我們不偷。」

藍道翻翻白眼，冷笑一聲。「當——真？就因為我們偷東西，你就認為我們是壞人？人們在去吃到飽餐廳的路上，對我們的求助視若無睹，而壞人卻是我們？」他轉開頭。「真是亂七八糟。」
「她可以偷墨西哥烤餅嗎？」塔拉問。
威克好餓，而且他很想給伊絲特一些東西，以報答她所要付出的四十美元。「我不認為我們可以開購物清單給她。」
「好啦，但我還是希望她可以帶烤餅回來。」
威克走向仍忙著打造護衛犬的黛西時，胃裡好像打了個結。「黛西，妳可以替我們找一些吃的東西嗎？」
黛西點點頭後，便放下手中的尖嘴鉗。伊絲特解開門鎖，拉開門，黛西就出去了。
威克坐在工作檯邊的高腳椅上。「要是她傷了人呢？」
「蠢到敢擋她路的人，活該受傷。」托屈說。
威克不理會這個發言。「我們會跟妳分享黛西所帶回來的任何東西。」他對伊絲特說。他刻意看了看托屈，希望對方聽得懂話中含義，這表示不見得包括托屈，他可能得先卑躬屈節。

他們很快就用完所有話題，現在大家又不能繞著黛西打轉，談論她的髖關節。威克只好靠在工作檯邊，盯著地板上杯子蛋糕的包裝紙。

「你喜歡看《恐龍卡車》嗎？」小男孩諾斯問道。他坐在床墊上看著威克。他短短的黑色鬈髮顯得不太整齊，很顯然是伊絲特剪的。

「我？我想是吧。我大約七歲的時候，曾經玩過它的電玩遊戲。」即使當時，那都算是舊遊戲了，但威克明白諾斯為什麼喜歡機器恐龍的電視節目。

「你最喜歡的恐龍卡車是哪一個？我最喜歡里維特。」

這個名字很耳熟，但是他記不得里維特的長相了，他已經好久沒想過恐龍卡車了。

門被推開，黛西直接走向威克，低下頭張開嘴巴。

出現了一堆死鴿子。

托屈和藍道哄然大笑。

「哼嗯，看得我都口水直流了。」托屈拿起一隻死鴿，舉到威克面前。「吃吧，老兄。」

威克拍掉死鴿，窘得滿臉燒紅。「我告訴她去找食物，她就找來食物，但我沒跟她說要怎樣的食物。」他迎向黛西的銀色大臉，直視她卡通般的大眼睛，他的鼻子幾乎碰到黛西尖尖的長鼻。「我們需要已經烹調過的食物，妳了解嗎？」

黛西點點頭。

「別傷害任何人，即使這表示妳沒辦法拿到食物，了解嗎？」

黛西又點點頭。

「等等。」藍道走向工作檯上的一個塑膠櫃，拉開其中一個小抽屜，摸出一個東西，再把它拍貼在黛西的腰腿間，接著把一張顯示卡遞給威克。「這是行動攝影機，現在你可以跟隨她的行動了。」

黛西上樓消失身影，威克透過顯示卡看到她跑過教堂，毫不遲疑的右轉出門，然後跑向北諾伯街。

來到轉角的一家路邊餐館時，她停下腳步。在圍起的戶外用餐區，用餐人士清一色是卡其色和黑色服裝，穿著亮晶晶的鞋子，他們盯著黛西，手中的餐具停在半空中。

黛西轉身，然後走向交叉路口，進入餐館後頭的一條巷道，那裡有一扇通往餐館廚房的後門。

大家全聚集在威克身邊，觀看螢幕。黛西啪噠啪噠走進廚房時，站在烤架旁的一位廚師驚訝的大喊。

「那玩意兒在這裡做什麼？」黛西啷噹走過時，一名像是店經理的女人問道。

黛西從一疊外帶塑膠袋當中抽出一個袋子，其他袋子跟著滑落地板。她走到一個長檯，那裡放著一盤盤等待服務生上桌的熱騰騰食物。

餐館工作人員目瞪口呆看著她拿起第一個盤子往袋子裡倒，然後她一路走去，倒光所有食物，把整個袋子裝得滿滿的。儘管驚訝和生氣的叫聲不斷揚起，卻沒有人試圖阻止她，只有那個貌似店經理的女人講著電話，可能是在報警。黛西咬住袋子提把，往外跑進巷子。

十分鐘後，她帶著袋子出現在門口。塔拉給了她一個大大擁抱和親吻。威克接過袋子時，努力壓抑也想對她又親又抱的衝動。這袋食物簡直像由三明治、砂鍋菜、蔬菜、蛋糕，以及……墨西哥烤餅結合而成的熱熱燜燉菜。但是沒人抱怨，因為這裡有好多食物，黛西大概橫掃了十二道餐點。

塔拉一吃完，就直接奔向工作檯，趁機利用那裡各式各樣的工具，琢磨黛西的設計。黛西一直在一旁觀看，而諾斯也湊過去。

「我們再幾分鐘就要離開了。」威克對塔拉說。他不想讓她覺得太自在。藍道和托屈坐在靠近門口的那一端交談，肚子吃飽看著黛西。他們一定非常想讓威克和塔拉輕鬆自在，這樣就可以趁機思索黛西的用處，以及偷走她的方法。

「我可以摸她嗎？」諾斯問塔拉。

「當然。」塔拉說。

諾斯伸手撫過黛西身側。「妳會跟她玩嗎？」

塔拉環顧四周，然後從工作檯底下抓起一張骯髒的「歡迎光臨」踏腳墊，再放到黛西背上蓋住一處凹凸不平的鋼甲，當作馬鞍。她拍拍墊子說：「上來吧。」

伊絲特皺皺眉頭，在塔拉協助諾斯坐上這隻外表凶狠又粗糙不平的護衛犬時大喊：「小心點！」諾斯一坐上，就往前靠，抓住黛西的脖子。

「可以載他走走嗎？」塔拉問黛西。

黛西小心翼翼走了幾步，聽到諾斯開心的咯咯笑，又走了更多步，行動更為迅速。

「我們都搭著同樣的船，你和我。」伊絲特站在威克旁邊，雙臂交疊。她有著和諾斯一樣的酒窩，也有同樣的尖削顴骨。

「什麼船？」

「我們都有需要照顧的家人。」

威克無法爭辯這一點，只是就某些方面來說，是塔拉在照顧他。

「有時候，我跟她說話時，我聽見自己說出以前媽媽對我們說的話。」伊絲特大笑。「像是『別在床上一直跳』、『去洗手』、『不要再挖鼻孔』。」

「這裡空間不夠。」塔拉說。的確是，黛西已經盡力了，但這裡沒有足夠的空間讓她奔跑。「我們上樓，來吧，黛西。」塔拉跑過去開門。

伊絲特站起來。「來吧，媽媽，我們最好去看一下孩子。」

威克跟著她走出去，至少樓上會比較接近出口。諾斯可以好好騎一下，然後他們就可以說再見。

到了樓上的主教堂區，黛西就不再拘束了，盡情繞著長椅奔跑。她的動作流暢，諾斯坐在臨時湊和的馬鞍上，幾乎不顯顛簸。

「聽著。」伊絲特和威克在一旁注視時說：「我知道你有足夠的理由討厭藍道和托屈，他們有時候真的很白痴。但是，在我被抓到艾爾巴血汗工廠的這段時間，他們卻照顧了諾斯，不讓他挨餓；有一次諾斯呼吸道感染，甚至還花錢讓他看醫生。撇開那些幼稚的行動，他們真的是好人。」

威克想著那兩人，上樓前，他看到他們一直在看一個變態小丑從監獄馬戲團逃脫的節目。他試著想像去喜歡他們，但只見到兩個可能成為學校惡霸的傢伙——是說如果他們還在上學的話。

「我會放在心上。」

伊絲特點點頭。「就像我以前說過的，我們是同一國的。『敵人的敵人就是我的朋友。』知道嗎？你們擁有一隻可以保護我們的巨獸，而我們了解街道狀況，了解艾爾巴。」

威克不發一語，他沒興趣和這些人或任何人結盟。他只希望能夠獨處，誰都不要來打擾他們。現在，他們有了黛西，就可以指望這種生活了。

伊絲特看著他，細細端詳。「如果艾爾巴因為你們毀了泰尼，來找你們算帳，一定會像拆除鐵球一般直衝而來，這時，你們會需要朋友。」

「好。」媽媽還活著而他還上學的時候，他有過朋友。他不知道他們現在人在哪裡……可能在他們有著空調的臥房打電玩，大吃巧克力椒鹽餅。他揮揮手讓塔拉注意他。「我們該走了。」

塔拉雙手扠在臀後。「走去哪裡？」

「找一個新地方住下來，我們得先安置一下，才能睡一下。」這表示要把他們的髒衣服倒在地上，然後睡在上面。

塔拉幫忙諾斯下來，和他道別。

「記住我說的。」伊絲特在威克和塔拉往街道走去時說，黛西隨後跟上。

走到人行道之後，威克緊繃的肩頸終於放鬆了。

「為什麼我們不能留在那裡？」塔拉問。

「因為，一、他們沒有留我們；二、他們是罪犯；三、那兩個人看著黛西的眼神，彷彿把她當成放在他們樹下的耶誕禮物。」

塔拉只是盯著行經的公車車身，上面張貼著最新動作片的電影廣告牌，一副沒聽見他的話似的。

「妳可以指望我，我可以指望妳，我們兩人都可以指望黛西。」威克說：「我們不能指望梅森叔和露比嬸，或是我們的朋友，或是那些拆解偷來機器人的惡棍。我們互相照看，不和別人來往。」他哽咽了，因為這就是事實，他所擁有的就只有塔拉和黛西。

「我很高興黛西也在我們可以指望的名單之中，因為當我們只有彼此時，結果就流落到血汗工廠。」

威克爆出笑聲。「是，妳最懂了。」

他要黛西到處查看，替他們找睡覺的地方，像是廢棄建築物的公寓單位。黛西離開了。

以前沒有黛西的時候，他們不敢睡在屋內，因為可能會有藍道和托屈那樣的人發現他們，但現在有黛西守衛，他們可以睡在任何想要的地方。

「現在，我們有了黛西，一切都會改觀。」

「因為她可以替我們偷食物嗎？」塔拉問。

這問題讓威克出現陣陣的罪惡感。「那只是緊急狀況，我們得想出可以運用她來合法賺錢，賺到讓我們租到真正公寓的方法。」

「廚房會鋪設寶藍色地毯和貝殼瓷磚，後院角落還有採用水循環的白色鳥兒戲水臺？」

「對，就跟我們和媽媽一起住的那間一樣。」能夠這樣說的感覺真好。

「只是沒有媽媽。」

威克的喉嚨一緊。「我可以學著煮妳所有愛吃的食物，還可以有電影之夜，就跟以前那樣，把所有枕頭和椅墊丟在地上，直接躺上去。」

「我喜歡那樣。」她看著威克右邊幾步遠的地方。「你是好哥哥，許多哥哥如果有我這樣的妹妹，早就把她扔進收容所了。」

「妳知道我永遠不會做出這種事，妳會一直跟我在一起。」

小孩子可以租公寓嗎？威克不知道。或許他可以付錢給已經是大人的遊民來扮成他們的父母。只是，他得先找出黛西替他們賺錢的法子。

第十一章

星期六下午，幸運星球博弈商場外的人行道彷彿街頭市集，聚集販賣紳士帽到含咖啡因果汁等各種商品的攤販，還有小型莊家經營的牌桌，提供形形色色的賭博遊戲，其中大都可能是固定攤位。

這裡沒有太多小孩，然而他們走過街道所得到的注目禮，可能不是因為他們是小孩，而是因為身邊跟了一隻護衛犬。大家似乎都突然對護衛犬充滿興趣，就跟有些人迷戀車身塗著火焰圖案的架高卡車和賽車一樣，這全是讓人們血脈僨張的訂製機器。

等他們在人行道邊占據一個地點之後，威克就要黛西坐下，人們開始聚集過來看她。威克昨晚大半夜睡不著覺，一直擔心兩個孩子怎麼吸引成年人賭客的注意，結果根本不成問題。

一個往後梳著油頭、身著白色舊西裝的男人湊近黛西面前。「她配備哪一種程式？」

「是特別訂製的。」威克努力擺出老成的語氣。

「你們想賣掉她？」那人問，一副毫不在意的樣子。

塔拉「哼」了一聲，張口回答，不理會威克已經跟她說了好幾次，讓他全權處理的叮嚀。威克只好壓過她的聲音。「我們只想展示她而已。」

「我跟你賭五十美元，說我的護衛犬可以把這裡所有的垃圾清除乾淨。」塔拉脫口而出。

威克真想尖叫，他計畫了老半天，已想好要怎麼一直擺出笨小孩的模樣，再把話題引向垃圾，導出打賭的事。

那人對塔拉咯咯笑，伸手梳過他油亮的頭髮。「小淑女，這是個好作品，但就我看來，它仍舊只是個機器人。」

威克絞盡腦汁思索許久，可以藉由黛西贏得哪一種賭局？對人類來說，清理垃圾很容易，對機器人卻不可能。沒有明確的規則可以遵從，太多決定要做。如果告訴機器人扔掉地上除了人和椅子以外的所有東西，它們可以做得不錯；但不能要它們分辨什麼是垃圾，什麼又是人們喝了一半、只是暫時放在椅邊地上的咖啡。

威克捏捏下巴，試著讓自己看起來像傻瓜。「我不知道，我想她可能做得到，她真的非常聰明。」

那人大笑，然後轉身對坐在附近一張桌子後面的一名年長男人說：「嘿，傑伊，你聽到沒有？他們的護衛犬可以替我們清理所有垃圾，你覺得呢？」

「巴德，我想我最好掛起我的鞋子，免得被當成垃圾。」

附近其他人聽到這句話哄堂大笑。

「哦，是嗎？」塔拉說：「我跟你賭她辦得到，一百美元。」

巴德止住笑容。「給我看看妳的一百美元。」

威克手臂交疊，制止雙手顫抖。「我們拿我們的護衛犬跟你賭一百美元。」

傑伊，就是桌子後頭的那個老人站起來。「我賭了。」

巴德走向傑伊的桌子。「這可是我的賭局，他們是跟我賭的。」

傑伊高舉雙手，坐回去。「好，你的賭局。」只是神情不太高興。不過，再過幾分鐘，他的感覺就會好多了。

「我們需要裁判。」巴德揮手大喊，感覺像在招計程車。

一名頭髮泛灰的高大女子匆匆趕來。「我來，你們要賭什麼？」

巴德偏著頭微笑。「這兩個年輕人相信他們的護衛犬可以清除這區域所有垃圾，只能清理垃圾，我用一百美元跟他們對賭那隻護衛犬，賭它辦不到。」

那女人看著威克。「你確定要賭嗎？」

「對。」一百美元，天哪，他們可以用一百美元。

那女人斜著頭，深深看了威克一眼。「那麼，好吧。」她一隻手放在臀上，然後指出賭注中的區域。似乎沒人注意到黛西饒富興趣的觀看著，舉止完全不像笨蛋機器人。「東西是不是垃圾以我的判定為準，而我的費用是五美元，由贏家支付。」

威克點點頭，巴德也是。

「拿去。」傑伊拿出一個塑膠袋給他們裝垃圾。威克向他道謝，他流露出的眼神卻像在說「你這笨小孩」。

「那麼，開始吧。」裁判交叉雙臂。

塔拉從威克手中拿走袋子，然後蹲在黛西身邊，把袋子交給她。

「妳知道該怎麼做，抱歉，我們想不到有什麼更正經的事可以打賭。」

黛西接過袋子，這裡不愧是芝加哥，地上丟了許多紙屑、保麗龍杯子、一支壞掉的手機，甚至還有少了一半鞋底的一隻破爛球鞋。黛西從裁判指出的區域角落開始著手，當她接近傑伊的桌子時，威克看到巴德在笑，因為傑伊把他的破手機放在椅子旁邊的地上。

「我希望你記住這一點。」傑伊對巴德說，他顯然是故意這麼做的。

黛西拿起手機，然後坐下來檢查手機，發現它還可以用之後又放回去。

「等一下。」巴德繃起臉，突然間不再那麼自得其樂。

黛西掃視傑伊的桌面，然後拿起上面的保麗龍杯看看裡面。裡面大約還有一公分深的咖啡，她放回去，再拿起杯子旁邊的士力架糖果包裝紙，丟進袋子。

「黛西，加油！」塔拉跳上跳下，雙手高舉在空中。

等球鞋垃圾進到袋子裡之後，巴德已經看夠了。他指著威克說：

「他們作弊。」

「他們怎麼作弊？」裁判問。她的語氣不像懷疑，反而像是非常想要知道黛西是怎麼辦到的。

巴德氣急敗壞。「我不知道，不過，沒有護衛犬可以做出這樣的行動，或許他們有朋友躲在那裡。」

這裡聚集了一小群人，紛紛震驚的交頭接耳，見到黛西把那支摔壞的手機放進袋子時，又驚呼出聲。

「一百美元，一百美元。」塔拉歡唱。

黛西停在半黏在人行道上的一塊口香糖前，抬頭看向威克。

「不准指導！」巴德大喊：「指導的話，就喪失資格。」

黛西看著巴德，然後拔起那塊口香糖扔進袋子，以防萬一。威克確信，如果黛西可以做出表情，一定會怒視巴德。

等這區域再也沒有垃圾後，黛西把袋子交給威克。

「一百美元，一百美元。」塔拉愈唱愈大聲。

「等等。」那女人說：「我想要看一下你們的護衛犬。」她彎腰靠近黛西，把黛西的頭轉來轉去，試著看進接縫處，確認裡面沒有小孩子蹲在裡面。最後，她起身宣布，「這是機器人。」

「那麼剛才的事，它到底是怎麼辦到的？」巴德問。

「你問倒我了，但你欠他們一百美元。」

巴德雙手交疊，無意伸進口袋。

「黛西，那人欠我們一百美元。」塔拉說。

黛西走向巴德，接著用後腿站立，臉龐貼近巴德，從喉嚨深處發出金屬摩擦的可怕吼聲。

巴德拿出皮夾，數了一百美元交給威克。

威克付給那女人五美元，接著他們就離開現場，兩人都哼著歌，蹦蹦跳跳走過街道。「一百美元，一百美元。」笑得跟瘋了似的。

在媽媽死後，威克第一次有真正的錢放在口袋，這使得行人的面孔似乎顯得友善多了，色彩也明亮多了。這幾個月來，他一直跟塔拉說，他們可以掙脫困境，但是內心深處，他不是真的相信。而現在，他辦到了。

他伸手拍拍塔拉的背。「妳辦到了，妳救了我們，我真為妳感到驕傲，媽媽一定也會。」

塔拉對他露出燦爛的笑容。「現在，我想好好享受一下。」

「怎樣的享受？」

塔拉雙手往空中一揮。「真正的享受，就像我們以前那樣。」她用手指數著主意。「小熊隊的比賽、藝術博物館、摩天輪、迷你高爾夫、白金漢噴泉。」

威克覺得這些聽起來都好棒，但其中有些可能真的很花錢。

「只去噴泉和坐摩天輪，好嗎？」

塔拉堅決的搖搖頭。「全部都要，一個到城裡玩的開心日子，就跟以前和媽媽在一起時一樣。」

「但是我們不想把剛賺到手的錢全部花光光！」

「我們不會全花光的，只會花一部分。」她抓起他的手臂往前拉。

「來吧。」

「妳帶錯方向了，瑞格利球場[2]是在這一邊。」至少，他認為是這個方向，也很確定路途遙遠，他們得搭捷運[3]去。

在過去的幾個月幾乎都吃不飽的情況下，居然要花這麼多錢，這讓威克有點緊張。但是現在，他們有了黛西，似乎用不著再擔心會餓肚子。或許，他們可以趁消息還沒傳開前，到博弈商場外頭再施展幾次同樣的花招。然後，威克就得再想出其他藉由黛西來賺錢的方法了。

---

2 瑞格利球場（Wrigley Field），即芝加哥小熊隊的主場。

3 the el，芝加哥的大眾交通系統，亦常被稱為 the L，共有八條路線，分地下、高架和地面三種行駛路段。

第十二章

前往這城市的美好區域，就好像前往未來的時光旅行。貧民區沒有機器人，建築物破舊黯淡，污染染黑了紅磚。而當他們搭乘捷運經過西富樂頓大道，紅磚和鋼鐵轉而變少，碳纖維漸漸增加，色彩鮮豔彷彿太妃糖做的潔淨建築物扭轉纏繞，聳立天際。等捷運來到北方大道，威克透過車窗看到大多數的行人後頭都跟著家用機器人，機器人有的是採用人的外型，有些甚至還穿著人類的衣服；其他則是四腳或六腳行走，有如色彩斑斕的大型卡通昆蟲。大部分的交通工具都有自動駕駛功能，外觀光澤閃亮，像是彩色冰塊製成。威克還看到捷運行經的一家商店裡，有許多在腰部高度的小小短腿機器人。

被踢出公寓的那一天，威克就帶塔拉來到這個城區，因為它很安全，有很多公家和私人聘用的警察。他們到達這裡的半小時後，就被警方給帶走。威克當時真的如釋重負，以為獲救了，警察會幫助他們。但是，警察開往敗壞的城區，在收容所門口放他們下車。威克依然記得當時女警打開後車門，要他們下車時的表情，她帶著厭倦的眼神告訴他們，可以在這區域找到睡覺的地方。

「我在這裡感覺好多了。」塔拉坐在威克旁邊的位子，從捷運窗戶看著外面。「我的眼睛看到什麼，就會覺得腦袋裡面像什麼。我們在垃圾堆的時候，腦袋就像垃圾；到了這裡，就變得整齊清潔了。」

威克露齒一笑，塔拉的表達方式有時候很奇特，但是他明白她想說什麼。「我很高興妳這樣想。」電車慢了下來。「我們到了。」威克往車後的機器人存放空間看了一眼，向蹲坐在那裡的黛西示意該下車了，黛西點點頭。

沒多久，他們就來到葛蘭特公園的乾淨街道。塔拉衝過矗立在藝術博物館入口的兩座獅雕，高聲細數，「葛蘭特．伍德[4]的〈美國哥德式〉，愛德華．霍普[5]的〈夜遊者〉，古斯塔夫．塔耶博特[6]的〈雨天的巴黎街道〉，喬治亞．歐姬芙[7]的〈雛菊和黃色山胡桃葉〉……」

威克看到十四歲以下兒童的門票只要五美元，真是鬆了一大口氣。

---

4 葛蘭特．伍德（Grant Wood，一八九一～一九四二），美國畫家，〈美國哥德式〉為其代表作，該畫作被視為美國文化象徵之一。

5 愛德華．霍普（Edward Hopper，一八八二～一九六七），美國畫家，畫作題材主要描繪美國當代寂寥的生活風景。

6 古斯塔夫．塔耶博特（Gustave Caillebotte，一八四八～一八九四），法國印象派畫家。

7 喬治亞．歐姬芙（Georgia O'Keeffe，一八八七～一九八六），美國藝術家，最著名作品為花卉系列，採用半抽象半寫實的手法處理花朵微觀。

走進大門時，警衛見到黛西沒多說什麼。有些人也同樣帶著家用機器人，讓它們推行李或只是跟在身後……

威克隨著塔拉走向她列舉名單上的第一件作品，她總是拜訪同樣的畫作，而且真的是「拜訪」。對塔拉來說，這些畫作就跟她的T恤或可柔伊一樣活生生。每一件都像是朋友，威克有時還真羨慕她的想像力。「哈囉，葛蘭特．伍德的〈美國哥德式〉。」她對〈美國哥德式〉招招手，然後就興奮的改往名單上的下一件作品。原本在媽媽要她列出想看的畫作名單之前，她都一直很排斥來藝術博物館，但列出名單之後，卻又迫不及待了。

想起和媽媽一道來這裡的旅程，讓威克的胸口一緊。媽媽雖然高中沒畢業，卻總是敦促他們做「聰明的事」，像是參觀博物館，以及不看電影改看戲劇表演。她喜歡看沒用的羅曼史小說，但規定自己每看完一本，就要看一本像是《白鯨記》或《簡愛》這樣的經典文學。

在他們去看小熊隊的球賽時，黛西只能在瑞格利球場外頭等候。塔拉為小熊隊熱烈加油，但她其實不認得任何球員，只是喜歡加油，尤其熱愛觀眾做波浪舞。對許多自閉症患者來說，嘈雜和混亂的場面讓他們覺得困擾，但對塔拉來說，只要是快樂的嘈雜和快樂的混亂，就永遠不覺得困擾。

海軍碼頭摩天輪的車廂又大又寬敞，沒人排隊，又有很多空間，所以塔拉問說黛西能否一起搭乘，收票員不發一語便揮揮手要她過去。

搭乘摩天輪花了寶貴的二十四美元，不過隨著摩天輪一路轉動，他們見到一邊湖景和另一邊的市景，讓威克感到自己像是一般的孩子，就好像飢餓寒冷、街頭人們的威脅和奚落，全都只是一場噩夢。搭完之後，他們漫步走向葛蘭特公園，塔拉到處蹦蹦跳跳，一副像是急著要去洗手間的模樣。

「這真是最美好的一天了，小熊隊贏球，一百張畫，摩天輪旋轉十回，史詩般的一天呀！」

威克沒有爭辯，只覺得走路輕飄飄。他欣賞前方的噴泉，三層流水傾瀉而下，在海妖銅雕包圍的空中激起水花霧氣。有黛西的護衛，他們終於可以不用再躲躲藏藏。不管怎樣，往後會有更多收入。就算威克想不到其他方式，黛西也可以夜以繼日修理電子用品。或許他們可以展開威克一直想做的生意，購買故障電視之類的東西，再修好轉售。他們可以租一間公寓，或許秋天就能回學校上課。

「今天的最後一站，白金漢噴泉。」塔拉的視線突然轉移。「哦，義大利雪冰。」她指著紅白洋傘底下的銀色小推車，銀臉機器人正在挖雪冰放進紙杯。「我要覆盆子口味的。」她跑向推車。

「來吧，黛西，看來我們要吃義大利雪冰了。」威克跟在塔拉後面跑過去，像在吸收他所缺乏的維生素一般，吸收她的好心情。

沒多久，塔拉的嘴巴就變成一片藍色。威克傾倒紙杯，喝掉融化的果汁，知道自己的嘴巴也染成橘色。

一名老人拖著腳走過來，老人的背駝得厲害，要仰著脖子才能往前看，老人在接近他們時伸出了手。

「我們沒錢。」通常看威克一眼，就足以讓人明白他根本無法施捨別人。

「不是，我是要來給你這個。」那老人舉起手，威克看到對方拿了一支厚度如威化餅的塑膠手機。

「誰給的？」

「就是等一下會打電話過來的那個女士。」老人把手機塞給威克。

「拿去，這樣我就可以回家了。」

威克接過手機，還在打量時，電話就響了。威克還沒能決定要怎麼做時，螢幕便擴展到紙張大小，艾爾巴小姐的面孔塞滿了整個畫面。

「你們可了解自己惹了多大的麻煩？我是說，你們真的完全明白嗎？」

這個問題讓威克措手不及。「離我們遠一點，我們也不會打擾你們。」

他環顧四周找尋塔拉，看到她就在噴泉附近。

「你們不會打擾我？你是說，如果不算偷走我的東西這件事？」

「我們才沒偷東西——」威克閉上嘴巴。他一直在想，她會不會知道晶片在他們手上，而這問題回答了他的疑問。

「我有朋友看到你們在購物中心外的行動。」她說：「真巧妙呀。」她的臉就像面具，毫無表情，只是就事論事，完全冷靜自制，不帶情緒。威克忽然想起，自己的嘴脣橘通通的。「就這樣吧，把我的晶片交來，我就既往不咎，我的手下都不會去找你們，還會散播消息說你們受我保護。」

等她拿到晶片，沒了黛西，艾爾巴小姐就會把他們抓回血汗工廠，甚至出現更慘的狀況。威克毫不懷疑，誰會蠢到相信一個把小孩關進血汗工廠的女人呢？

威克舔舔乾燥的嘴脣，努力保持平靜冷淡的語調。「知道嗎？我打算拒絕。」

艾爾巴小姐的頭偏了一下，語氣略顯不快。「小鬼，不管怎樣，我都會拿回晶片。你真的確定不這麼做，至少還可以好聚好散？」

「我確定。」威克裝出最輕快的語調。「祝妳有個美好的一天，再見嘍。」他掛上電話，把手機塞進口袋。突然間，他覺得站在廣場上極度缺乏防備。

他跑向黛西，黛西站在他和塔拉之間，始終保持警戒。「該是去找新家的時候了，留意危險，想傷害我們的人知道我們在哪裡。」

黛西點點頭。

「塔拉。」威克大喊：「我們該走了。」

塔拉不理會他，也可能是沒聽見，她目不轉睛抬頭望著三疊噴泉直奔而下的流水。

「塔拉。」威克叫得更大聲了。

這次她轉身了。威克招手要她過來，她的肩膀垮下來，但還是走向他。「幹嘛這麼急？」

黛西往相反方向走了幾步，開始咆哮，聲音就像鋼鐵互相摩擦。

威克視線越過黛西，頓時膽戰心驚。

一頭護衛犬隻身站在廣場對面等待，是艾爾巴小姐血汗工廠的那隻灰熊，漆黑的鋼鐵身軀甚至比泰尼還龐大。

艾爾巴小姐的黑色瑪莎拉蒂就停在灰熊護衛犬後方的路邊。

灰熊發出一聲刺耳的金屬尖叫，衝向塔拉。路人驚聲尖叫，紛紛讓道。

黛西衝去攔截灰熊。

兩隻護衛犬相撞，黛西被體型力道遠大於她的灰熊撞得往後退，但還是站穩腳步。灰熊使用跟威克手臂一樣長的利爪砍向黛西的頭部，黛西被打得四腳朝天後，連忙翻滾起身，跑向噴泉，灰熊在後窮追不捨。

威克知道這是他們逃跑的絕佳機會，但塔拉已停下腳步，只是盯著黛西，雙手交握在身前，像在祈禱。

「塔拉，我們得走了！」威克抓住她的肩膀，但是她掙脫他的手，視線不肯離開黛西。黛西現在已爬到噴泉最高層，占據制高點，任憑泉水飛濺身上；而灰熊在地面不斷打量她。突然灰熊爬進水裡，用後腳站立，前腳抓住噴泉第二層，趁勢往上爬。

它的體型太大又太笨拙了，一直爬不到最上層。就跟泰尼一樣，灰熊根本比不上黛西的敏捷優雅。就設計身體的功力來說，塔拉遠遠超越艾爾巴小姐的手下。

黛西環視周遭，威克知道她當下的想法：這裡有什麼可以用來作為武器的嗎？但什麼也沒有，只有空蕩蕩的一池水。

黛西選擇縱身一躍，跳在灰熊身上，雙方撞向第二層噴泉，翻落寬闊水池的淺水之中。灰熊張開大口用力一咬，利牙逼近黛西的臉；它再次張口，黛西趁機探入，攻擊早已瞄準的部位，然後急急在灰熊咬下之前抽手。

黛西隨後立即起身，跑向威克和塔拉。

威克抓住塔拉的手。「快跑！」

跑到南密西根大道時，威克並未放慢腳步，而是直接衝進車流。一輛巴士緊急煞車，以免撞到他們，但也可能只是避免撞到跟在後頭的黛西。

威克回頭看，發現黛西伸手進入灰熊嘴巴時，已經造成破壞。現在灰熊的動作始終斜向一邊，角度偏離他們的位置，只能不斷修正路線。

威克四下張望，但大家只是紛紛走避。

「救救我們！」威克對著從二樓窗戶探看的婦人大喊。

「我會報警！」她大聲回答。

威克非常確定報警沒用，伊絲特說過警察聽從艾爾巴小姐的吩咐行事，不會反其道而行。

他們逃到拉薩利街。四隻腳的灰熊儘管機能受損，卻還是很快就追上來。黛西慢下腳步，衝刺佯攻灰熊，試著拖慢它的速度。

跑到橋邊時，鋼爪耙過人行道，險些抓到威克的腳。

過橋後，威克低頭拚命喘息，差點撞向驟然停下腳步的塔拉。

艾爾巴小姐雙臂交叉，站在一個街區遠的廂型車前，車子打橫擋住車流。威克數了一下，共有七隻護衛犬散布在她前方的街道和人行道，其中有些體型大如在後追趕的灰熊，有些近似浣熊。

他們被包圍住了。

黛西後腳站立，前腳抓住一輛休旅車的門把，扯開上鎖的車門。她意有所指看著他們，威克緊跟著塔拉急急爬進前座。黛西在威克身後關上門，然後轉身面對護衛犬大軍。

至少有十多人從窗戶注視這一切，另外在艾爾巴小姐那頭還聚集了好幾公尺的人龍。每一秒鐘都聚集了更多人旁觀，沒有人太靠近，也沒有人挺身幫忙。不過說真的，他們又能做什麼？

黛西的視線左右掃視盯著各隻護衛犬，同時探向休旅車底下拔出消音管。艾爾巴小姐的護衛犬愈來愈向他們逼近，黛西也跟著爬上車頂。

灰態現在跟在當中體型最大的護衛犬後方，這隻碩大的巨獸有著長長的前腳，較短的後腳，扁平的臉龐更像人類而不是動物，讓威克聯想到大猩猩。它衝向黛西的後腳，想把她拉下車。黛西揮舞消音管，敲平鋼獸大猩猩的手。

一隻兩端各有一顆頭、嘴巴滿是鋒利牙齒的六腳橘色玩意兒，跳上車頂。它費勁的攀向黛西，一隻腳踩破了擋風玻璃。接著消音管出現，砸碎了三眼橘物的一隻眼睛，逼得它節節後退。

護衛犬包圍住休旅車，不斷揮砍撕咬，進攻黛西。

塔拉放聲尖叫，雙手摀住臉。一隻如杜賓犬大小的護衛犬在她那頭的玻璃盯著車內，它簡直像從噩夢現身的怪物，四隻眼睛加上一個寬闊的口鼻，臉部塗了紅、黃、藍各種色塊，彷彿魔鬼小丑。

它使勁把臉擠進窗戶。

威克摟住塔拉，拚命往後遠離這隻怪獸。塔拉不斷尖叫，而威克的嘴巴張得老大，卻因為胸口僵住了，根本發不出任何聲音，甚至也沒能呼吸。那玩意兒不斷逼近，想要進入車內。它張開嘴巴，威克預料會看到一排尖銳的金屬利牙，見到的卻是一把小圓鋸。

圓鋸開始轉動，高頻刺耳的聲音淹沒了塔拉的尖叫，護衛犬努力接近。威克推著已蜷縮成一團的塔拉穿過前座中間，進入後座，然後在敵軍嘴裡的圓鋸瞄準他的腳時急急跟著爬過去。

休旅車的車頂凹陷，只見黛西縱身一跳，落在人行道，避開撲上來的利爪。威克聽見鋼鐵對擊的刮擦聲，接著休旅車傾斜。威克摔向邊窗，壓在塔拉身上，而竭力攻向他們的金屬獸突然放鬆了攻擊，它的後半部被壓扁在休旅車和地面之間。威克這時才知道，黛西翻傾休旅車壓住它。

威克從後車窗看到黛西被護衛犬團團包圍在人行道，她握著消音管揮擊敵方頭部，但右前掌已失去作用懸垂下來，電線從手腕部位冒了出來。

灰熊的臉部已被壓垮，卻仍奮勇衝向黛西，熱切想要抓住她。黛西可能了解到自己沒辦法擊退它們，就踩在行動較為遲緩的灰熊頭部，試著跳過它，但是灰熊的巨大雙顎設法咬住她的腳踝，把她拉向路面。黛西伸展身子，揮砍灰熊下盤，打殘對方的一隻後腿，接著是另一隻。灰熊的下半部雖然被打得凹陷，還是頑強緊咬黛西的腿，其他護衛犬趁勢逼上前來。

「黛西，哦，不要，黛西。」威克只能用雙手牢牢抱住塔拉，不讓她衝出去幫助黛西。

黛西用完好的手往下探，拆下被灰熊死咬不放的腿。重獲自由之後，她搖搖晃晃衝向隻身站在白色廂型車前的艾爾巴小姐，而各護衛犬也緊追在後。

艾爾巴小姐不為所動，交叉雙臂站在原處，表情依舊沉著，高深莫測。

當黛西只離她四個車身遠時，艾爾巴小姐發出一聲命令。數十隻老鼠大小的白色機器護衛隊從廂型車後門蜂擁而出。

「小心！」塔拉尖叫。

黛西驟然改變方向，試著轉往一整排的商店街，只是少了一隻後腿，動作顯得笨拙遲緩。那批小型的護衛機器人爬上黛西的身體，努力撕裂她盔甲般的金屬護板，黛西以細長的雙顎扯下咬碎這些鼠輩。

他們必須趁護衛犬分心時，快點離開這裡。威克把塔拉拉向後門，扭轉門閂，雙腳再用力一蹬，車門掉下打開。

就在一百公尺外的地方，它們開始撕裂黛西。

「黛西，快逃！」塔拉大叫。「快走。」

威克心想她必定是瘋了，在那些機器人爬滿全身的情況下，黛西根本跑不了。

黛西後腰一個部位扭動掙脫，滾到地面。威克瞇眼細看，發現護衛犬根本沒有撕扯這個區塊，它是自行鬆脫的。

這個部位伸出四隻腳，開始奔跑。它跳上一輛車的引擎蓋，接著從車頂衝向行李廂，再跳上另一輛停好的車子，威克這才了解，它是黛西，原版的黛西。

當雙頭護衛犬從大黛西的身體扭下她的頭部時，小黛西則奔向自由。

「晶片不在她的頭部？」威克問。

「當然沒有。」塔拉說：「怎麼可能會把護衛犬的腦袋放在頭部？那可是敵人最早攻擊的部位。」

話是這麼說沒錯，但是威克永遠也想不到要把護衛犬的腦袋放在後腰。

艾爾巴小姐激動的指著小黛西的逃脫身影，急急衝向她的護衛犬大叫：「那隻小的，去找那隻小的。」

一隻浣熊大小的護衛犬率先搶出，上前追趕。它的頭側被消音管打凹了，但是移動速度還是比小黛西快。

「跑，快跑！」塔拉大喊。

每一隻護衛犬都加入追逐，黛西在路口衝進車陣，東竄西跳避免被輾過。

艾爾巴小姐的護衛犬大隊跟著來到車陣，迎面而來的卻是尖銳的煞車聲和此起彼落的喇叭聲。一輛計程車撞到那隻雙頭獸；它被撞凹，倒在車輪底下。

橫跨芝加哥河的橋梁就在路口不遠處。即使在一個街區外，威克還是可以見到那隻浣熊護衛犬在小黛西到達橋邊時，伸手把她揮倒在柏油路面。小黛西立刻又站了起來，但是體型占優勢的護衛犬又撲了上來，張口一咬。

看到小黛西的後半段被鋼牙咬住，塔拉發出痛苦的顫抖叫聲。黛西努力掙扎，用前腳推開護衛犬錐形口鼻，卻掙脫不了。浣熊護衛犬擺動頭部，彷彿把她當成咬嚼玩具般搖晃著她，然後把她破損的身子放在橋梁的人行通道上。

黛西沒有放棄，後半部被壓扁了，卻還是用前腳拖行，一步步接近欄杆。

艾爾巴小姐剛通過十字路口，放聲大喊：「快去抓她！」黛西抓住一道生銹的橫梁，拉抬身體，越過隔開河水的底部欄杆。護衛犬衝上來，而黛西只是拖著身上斷裂的電線，跌進河水之中。

艾爾巴小姐雙手握拳往空中一擲，氣餒的放聲咆哮。

威克很想好好享受這一刻，但是他不能。艾爾巴小姐沒贏，而他們也失去了黛西。

「我們必須快逃，馬上走。」威克說。艾爾巴小姐現在在橋邊欄杆，凝視芝加哥河的暗黑深水，但威克確信等她震驚過後，就會立刻派護衛犬來追他們。

雨開始落下。

威克抓著塔拉的手臂，把她拉回他們剛來的方向。塔拉嗚咽啜泣，不肯移動，不想放下黛西。

「塔拉，她走了。我們不逃的話，就死定了。」威克擦掉臉頰上的淚水，然後更加使勁拉走她。

塔拉的腦袋終於想通了，她不再堅持，開始拔足狂奔。

一輛警車經過，藍色警燈不斷閃動。威克心想，在艾爾巴小姐的命令下，警察到底從什麼時候就開始遠觀這場混亂。

第十三章

他們在溫蒂漢堡前的屋簷下駐足休息，天空下起大雨，威克全身都淋溼了。

「我們要去哪裡？」塔拉問。

「回到我們昨晚睡覺的公寓。」

塔拉抓住他的手臂。「不行，我們不能去那裡。」

她說的沒錯，一旦占用那棟廢棄建築的粗暴傢伙知道他們沒了黛西可保護，那就不安全了。現在又回到媽媽剛過世的起點，沒有容身之處，也沒人可以求助。

「那麼，回去救世軍收容所。」想到要回去那個擠滿抽菸、偷竊和打架之人的收容所，威克便一陣戰慄。

塔拉抓著威克的手，手指深掐到威克發疼。「那地方太可怕了，我不想回去那裡，我們回去教堂吧！拜託。」

沒有黛西？托屈可能會因為威克之前的諷刺言論，把他打成一團漿糊。

你想要她在工作時，放屁演奏〈聖誕鈴聲〉嗎？

不，這不是好主意。

「我們會找到另一個地方，另一個屋頂，在那裡躲到風聲過後。」

「不要。」塔拉倏然雙腳放軟，讓威克支撐她所有重量。「不要，不要另一個屋頂。」

「我們不能回去教堂，沒有黛西，他們不會要我們。」

「他們會要我們的，沒錯，他們會要的。」她倒在地上，雙手握拳，眼睛緊閉。「他們會要的。」她就要進入完全崩潰模式。威克不怪她，連他自己的每一次呼吸也都發出一種熟悉的刺耳聲音，感覺氣管隨時就要閉合。他的吸入器還放在公寓，他居然蠢到沒有隨身攜帶它。

他們並沒有回到媽媽剛死時的狀況，因為現在比當時慘多了，那時他們還用不著擔心艾爾巴小姐。威克靠著溫蒂漢堡的大面窗慢慢滑下，最後坐到開始尖叫和猛烈擺動的塔拉身邊。他知道自己應該護住她的頭，免得她的頭撞到混凝土，但是他沒力氣，沒力氣可以伸到那麼遠的地方。他已筋疲力竭，再也沒有氣力。

四名少女從溫蒂漢堡走出來，她們盯著塔拉不放，也可能是看著威克。他回頭一看，發現餐廳裡的人全都目瞪口呆的望著他們。

他閉上眼睛。「請幫幫我們，拜託誰來幫幫我們吧。」

其中一名少女把她的薯條放在威克身邊，就走開了。

雨繼續落下，塔拉繼續尖叫，威克繼續閉著眼睛，希望媽媽能出現來照顧他。他會從她那裡得到一個擁抱，以及在他耳邊低語的一句鼓勵。

威克後口袋的手機響了，他根本忘掉它了，突然間，他了解到艾爾巴小姐可能利用它來追蹤他們。他從口袋抽出手機，螢幕立刻擴大，出現怒氣沖沖走著的艾爾巴小姐，而剃頭男尾隨在她身後，替她撐傘遮雨。

「現在，你們沒有談條件的籌碼了，也沒東西可以保護你們了，而我非常生氣。拒絕我的提議，還算是好決定嗎？」

她等著威克回答，但是他不發一語。

「我可不認為，我已經發出懸賞要找你們，一人兩千美元，現在你們兩人可比你們料想的還麻煩大了。」

她掛上電話。

街道開始天旋地轉，威克無法呼吸到足夠的空氣；他覺得自己就要暈厥了。

懸賞？

餐廳走出幾個二十多歲的光頭刺青男，威克垂下頭，盯著人行道。他們必須離開街道，找地方躲藏。

威克雙手顫抖的把手機卡折成兩半，扔到地上。「好，我們去教堂。」

塔拉還在號啕大哭，如此的聲響下，她沒聽到他的話。

「我們去教堂！」他大喊。

這就好像關上水龍頭，她立即停止，然後從人行道上跳起來。「諾斯會很高興見到我。」

他可能會，但其他人就不見得了。

第十四章

塔拉敲了門，而威克靠在牆邊，他的呼吸伴隨著一種緊繃的哮鳴聲。

「是誰？」藍道前來應門。

「塔拉和威克。」塔拉大喊。

裡面的門上傳來一聲尖銳的撞擊聲。「開什麼玩笑，現在你們出現了？快滾。」

「讓開。」這次換成伊絲特的聲音。「走開，別擋路。」

門鎖「喀噠」一聲，門閂拉開，門打開了幾公分。

「艾爾巴對你們發出懸賞，消息在網路上傳開了。」

「我知道，艾爾巴打電話告訴我了。」威克說。

門縫開得更大，伊絲特抓住他的手臂。「進來吧。」

「不行。」藍道站到他們中間，擋住門口。

托屈站在藍道後面說道：「他們就跟死了沒兩樣，從威克呼吸的狀況看來，他可能會比賞金獵人先走一步。要是妳讓他們進來，而被艾爾巴發現呢？到時候她就會找殺手來對付我們，我才不要因為他自己搞砸，拿我的人頭冒險。」

「因為你永遠不會搞砸嗎？」伊絲特說。

托屈戳著自己的胸膛。「這又不干我的事。」

「如果我們趕走他們，他們頂多只能撐兩小時。」伊絲特說：「你們都知道。」

托屈往地板啐了一口，然後擦擦嘴巴。「那是他們的問題。」

藍道只是擋住門口，不發一語。

這正是威克所預期的狀況，他們始終是霸凌別人的惡霸。「伊絲特之前說我看錯你們了，說等我認識你們，就會了解你們是非常好的人。」在肺部如此緊縮的情況下實在很難說出話。「我知道黛西是你們原本想要我們留下的唯一理由，所以我們才沒有留下來。」他轉身牽起塔拉的手。「走吧，我們離開這裡。」

「我們要去哪裡？」塔拉問。

「就是……先離開。」威克不知道可以去哪裡，又可以躲在哪裡。伊絲特說他們撐不過兩小時，他相信。

「等等。」藍道在他們身後大喊。

威克沒停下腳步，只是繼續穿過走廊，走進梯井，他不想再跟藍道多說了。

從他們身後的樓梯傳來了腳步聲；等威克進入小教堂，藍道追上來走在他身邊。

「我不是要說你剛才說的事都對，但或許你講得也有道理。」

威克想要加緊腳步，甩開藍道，卻沒辦法加快速度，他已幾乎無法呼吸。

「如果你願意，可以待個幾天。」

塔拉慢下腳步。「聽到沒？我們可以留下來了。」

「不，不行。」托屈在他們後方幾步遠的地方，伊絲特和諾斯跟在托屈身後。這感覺有點像在遊行，只是比較遜的版本，而大家臉上也都沒有笑容。

「伊絲特說得對。」藍道說：「如果我們趕走他們，就等於親手害死他們，我可不想腦袋一直記住這種事。」

「你讓他們進來，你就不會有腦袋了。」

威克牽著塔拉，帶她走向通往街道的雙扇大門。外頭傳來雨聲，聽起來好像在拍手鼓掌。

藍道抓住威克的肩膀，把他轉過來，兩人面對面，藍道瞇起眼睛說：「如果你們走出去，你的妹妹就死定了，別蠢了。」

「我剛剛也是這麼想的。」塔拉說：「威克，別蠢了。」

呼吸困難的情況下，實在很難好好思考。躲不過了，他的氣喘就要徹底發作，他緊閉眼睛，努力保持專注。

他一直看到黛西，看到她拖著身體前半部，跳下橋梁，這就好像失去了另一個家人。

塔拉掙脫他的手。「嗯，我要留下來，你不留也沒關係。」

「如果他們留下來，我就走人。」托屈說：「而且我會帶走我的裝備。」

藍道轉向托屈。「老兄，別這樣，別這麼孤僻啦。」

這句話像是讓托屈洩了氣，他轉過頭啐了一下，然後抬起頭狠狠瞪了威克一眼。「如果我的任何朋友因此出事，我就親自去領賞金。」

他們再次魚貫走回地下室，這一次由伊絲特在前方帶領。她邊走邊看手機。「艾爾巴派了五十人去河裡打撈，每隔幾個區塊就橫跨河流架網。」

這表示他們還沒找到黛西，不過，這也只是時間問題。

諾斯跟在塔拉身邊走著。「我很難過黛西死了，我聽到時大哭了一場。」

「謝謝你，她很喜歡你。」

到了地下室，伊絲特坐到小諾斯旁邊的床墊。「好了，告訴我們，黛西到底是怎麼做到這一切令人驚奇的事？」

「我來說。」塔拉看了威克一眼。「我找到了那個晶片，所以我來告訴他們。」

威克聳聳肩，顯然塔拉認為告訴他們是一種特別待遇。他坐在地板，靠著牆壁，試著呼吸。

「我在垃圾場找到了一個晶片，它非常特別，我從來沒見過這樣的晶片。我用手持裝置檢查了它的程式編碼，就連我也看不懂。」

「所以艾爾巴才會搜索垃圾場。」威克補充。

「艾爾巴的手下是怎麼製造出那樣的東西？」藍道問。

「笨蛋，他們才沒有。」塔拉說：「如果是他們做的，就可以製造更多呀，用不著這麼急著找回它。」

「所以是他們偷來的。」伊絲特說：「他們打算對晶片進行逆向工程，以便製造更多晶片，只是有人不小心把它丟進垃圾裡。」

「他們是從誰的手中偷來的？」藍道問：「一定是什麼大型科技公司。」

威克自從知道晶片的特殊之處後，就一直努力想要弄清楚它的來歷。黛西完全不像他看過的機器人，這晶片一定是非常新穎的東西。

「我對它可是一清二楚。」托屈輕敲他的手機。

「是嗎？」伊絲特語氣滿是懷疑，也可能只是覺得不爽，因為托屈把威克和塔拉留下來的這件事鬧得這麼不愉快。「大偵探夏洛克，不如你來跟我們說明吧？」

托屈放大他的手機螢幕，好讓大家看清楚，那是在一個叫作「祕密軍事科技」的網站中，標題為〈軍方測試最新人工智慧軍人〉的討論串。

「如果從事打造武器的生意，這網站可是有助於了解那些大人物在做什麼。」托屈輕叩他的太陽穴。「提供你新的想法。」

他大聲念出這個討論串，但一些深奧的字眼害他舌頭打結。軍方使用機器人士兵的歷史已有十年，不過它們就跟其他機器人一樣都很愚蠢，所以還是得安插在人類的部隊之中。傳言現在已開始測試新一代的人造士兵，它們可以獨立執行任務。威克試著想像整支機器人的部隊，由機器人領導機器人，真是令人恐懼的想法。

「那麼黛西生前是軍人？」塔拉哽咽了，再度哭了起來。威克壓抑自己的淚水，他絕對不要在這些人面前哭泣。

「所以她才這麼驍勇善戰。」托屈說：「她的程式就是這麼設計的。她要是在戰場上受損，還有自行修理的能力。」

現在大家對於黛西的來歷有了很好的猜想，但這又有什麼用？她已經不在了。

威克湧現一股絕望的感覺，他們要怎麼渡過這個難關？不可能永遠躲在這個地下室，一旦在街道現身，他們就死定了。他覺得自己就好像透過吸管在呼吸，他需要他的吸入器。

他看著伊絲特。「我必須回到我們昨天過夜的地方，那裡有我需要的藥。」

「嗯，你聽起來是不太妙。」伊絲特說。

藍道站起來。「我去拿，那地方在哪裡？」

威克想要開口回答，卻發現不是很清楚。他應該可以找到那個區域或正確街道，只是他一直沒留意是哪一棟建築，因為黛西知道，她當時一直跟他們在一起。「我不知道，但看到就會認得，我想我還是得親自去。」

「我跟你去。」藍道抓了一件破爛的灰色連帽夾克，丟給威克。「穿上，別抬頭，希望黑暗中不會有人認出你。」

他們默默走了幾個街區，說話對威克而言很吃力，更何況他對藍道也沒話好說。

藍道終於打破沉默。「你還在氣逃生梯那件事？」

「我只是——」他停下來，「咻」的吸了一口氣。「喜歡獨處，我很感謝你們讓我們留下。」走路讓他更難好好呼吸了。「我只是覺得自己一個人更自在。」

藍道點點頭。「我尊重這一點。」

他們繼續不發一語走著，但威克覺得自己需要說點什麼。藍道已經有所努力，現在換威克了。

「你是從哪裡學會製造護衛犬的？」

藍道抬頭凝望夜空，彷彿答案寫在星辰之中。「在青少年慈善之家，他們希望孩子離開後擁有謀生技能，所以有修理機器人的職能訓練。」

「你什麼時候離開的？」

藍道轉頭往水坑吐了一口。「十一歲，市政府刪除了經費，負責的女士在一個星期五召開了全體大會，告訴大家可以任意留下，只是星期六電力就會中斷，而且不會復電，她也不會回來。」

「看來我們都是被踢出來的，伊絲特的親生父母也把她踢了出來。」

「她是這麼跟你說的嗎？」藍道問。

這句話讓威克嚇了一跳。「是呀，怎麼了？」

「沒什麼。」藍道揮動手電筒。「這些建築物有看起來眼熟的嗎？」

到了他們試著查看的第三棟公寓中，威克認出一個敞開的空手提箱，當時他們必須繞過它，才能爬上樓梯。「就是這裡。」

他們急急爬到三樓，把威克和塔拉的東西扔進兄妹兩人隨意丟在門邊的空背包，不到五分鐘就離開公寓。

威克在樓梯間就拿起吸入器吸了一口，他的胸口幾乎立即舒緩了，氣管也鬆弛下來。他應該要黛西幫他找更多藥，而不是去搭摩天輪。

藍道走在威克前方，卻在最後一段樓梯途中停下腳步。

只見一名男子手持繩子，站在樓梯底部。他年約二十多歲，頭戴小熊隊的帽子，帽子後方露出綁著的長長馬尾。

威克的喉嚨立刻又緊縮了。

「藍道，我得要你讓一讓。」那傢伙說。

藍道動也不動。「彼特，這件事你真的要和艾爾巴同陣營嗎？」

「我不跟任何人同陣營，你可以付兩千一百美元要我離開，我是很高興跟你做生意。」

「你知道我沒有兩千一百美元。」

「所以你就得讓開。」

威克想要轉身盡快跑回樓上，但知道這不是好主意，跟藍道在一起才比較安全，但是站在這裡真的很困難。

「艾爾巴又不是這裡的人。」藍道說：「她來自加州還是佛羅里達之類的地方，她就這樣大剌剌走進我們的地盤，想要掌管一切，而你對這件事有什麼打算？幫助她？」

「藍道，我說完了，你最好讓開。」

藍道愈講愈快。「別擺出一副這只不過是交易，一副兩邊都一樣，你知道不是這樣子的。我相信你一定聽說過了，這孩子在大白天的街道上對抗艾爾巴，讓她損失慘重，這比我們兩人都值得說嘴。他是英雄，是好人，你真的想傷害好人嗎？」他指著彼特。「你知道如果你傷害了好人，就成了什麼了嗎？你就成了壞人。」

彼特的視線垂下幾公分，然後擦擦嘴巴。

「不要拿她的賞金。」藍道說。

彼特咒罵了幾句。「他死定了，你知道的，對吧？只是看誰會逮到他。」

「如果他不在這裡，他們就抓不到他。」

「你最好動作快一點，把他們弄上巴士。」

「彼特，多謝了，我欠你一次。」

「是，是哦，十四歲的小癟三欠我一次，我真幸運。」彼特推開前門，消失了身影。

威克坐在樓梯上，雙腿整個發軟。

藍道在威克下方幾個臺階處坐下，爆出笑聲。「我真不敢相信自己說動他放手了。」

「我也不敢相信你居然嘗試了。」

藍道仍因為放鬆下來而咯咯笑個不停。他說：「我的心臟當時一直狂跳。」

「我不懂，為什麼你不直接閃開，讓他抓走我？」

藍道一臉訝異的轉頭看著威克。「那樣我回去時，要怎麼跟你妹妹說？」

威克不知道該說什麼，已經好久好久沒有人為他挺身而出，而全世界中他最料想不到會這麼做的人就是藍道了。哦，該說除了托屈之外。

藍道起身，伸手撫過他的光頭。「趁他還沒改變主意之前，我們快點離開這裡吧。」

「好。」威克站起來，雙腿仍在發抖。「謝謝，謝謝你救了我一命。」

「是哦。」藍道回答，像是這沒什麼大不了。

第十五章

威克探看塔拉，發現她依舊坐在教堂長椅上，雙手抱頭，頭埋在雙膝之間。他走過去，坐在她身邊。

「我好想念她。」塔拉說。

她又哭了起來，威克伸手摟住她的肩膀說：「我也是。」他想到黛西有如鋼鐵小馬，背上載著諾斯繞行教堂奔跑的模樣。威克知道，她只是機器，但是失去她讓他感到無從想像的傷心。並非只因為黛西是他們的保護者，而是她就像人，那麼聰明伶俐，了解一切。

他望著諾斯沿著教堂二樓看臺奔跑，時而消失在藍色椽子後頭，時而重新出現在龜裂破損的彩色玻璃窗前，他暢快歡笑，彷彿無憂無慮。威克擔心看臺不夠牢固，諾斯會受傷，不過這樣還是比在外面玩安全。

說到這一點，有人沒關好大門，留了一道縫。外人經過的話，就會從門縫看到他們。

威克放開塔拉，站了起來。「我馬上回來。」

必定是藍道從便利商店買食物回來時留下的門縫，威克想像得到他兩手抱著袋子，用腳踢門，卻沒關好。

自從三天前，藍道在威克身前擋住那個拿著繩索的男人，威克就一直很想弄清楚藍道這個人。他會驚嚇哭泣的女孩，然後大笑；卻又冒著生命危險拯救他幾乎不認識的孩子。威克只能這麼想，用力敲打逃生梯的人是托屈，而藍道只是跟著大笑，因為人有時候就是會跟著朋友起鬨，即使不同意他們的作為。

威克慢慢走到半掩的大門，發現有東西卡在門口地上。他原本以為是磚塊還是垃圾，但走近之後，才見到它裹了一層乾掉龜裂的泥巴，而且還在移動，努力想要爬進門。

威克厭惡的察覺到，這一定是老鼠，所以往後退了一步。門又推開了些許，那東西拖著身體進來，爪子抓過骯髒的地板。

威克打量那東西殘破的後半部，不，不是老鼠。「塔拉！」

他一動也不動的站著，生怕移動的話，會發現它終究只是一隻老鼠，會發現是自己的期望製造出了幻覺。

塔拉從椅子上起身。「什麼事？」

威克指向前廳，受損且覆滿污泥的黛西拖著身子朝他們走來。

塔拉尖叫一聲，衝向黛西，輕輕捧起黛西損壞的身體，低語著：

「她還活著。」

第十六章

大家圍在塔拉身邊，低頭盯著黛西的前半部身體。

「她怎麼知道要來這裡？」藍道問。

「她沒辦法爬到三樓。」塔拉說：「她一定認為如果來到這裡，你們就會知道怎麼找到我們。」塔拉的手指撫過黛西的頭，像是當成迷你小狗那樣愛撫她。「妳好聰明。」

威克見到黛西實在太高興了，幾乎忘記她有多聰明。

「我還是難以相信妳把護衛犬的腦袋藏在屁股。」托屈偷笑著說。

「我們應該開始行動了。」藍道說：「有工作要做了。」

沒人大聲說出來，但大家都知道現在得做什麼，就是要替黛西打造一個新的護衛犬身體。

「我們要到哪裡找零件？」威克問。為了建造黛西第一個護衛犬的軀體，他們已經用完屋頂上最好的零件。

「你們得去偷。」藍道直視威克，看他膽敢說什麼。「你、伊絲特和托屈。」

威克想要爭辯，但藍道不讓他開口。「因為你很擅長找出正確的零件，卻很不擅長打造護衛犬，對吧？」

威克只能點點頭。

「那麼就這樣辦吧。」

「去垃圾場如何？」威克問。

藍道一臉不悅。「不要廢棄零件，艾爾巴的軍隊撕裂過她一次，我現在還不知道要怎麼阻止這件事再度發生，但是首先，我們可以盡可能把她打造得又大又狠。」

「且慢，對我的懸賞怎麼辦？」

托屈扯扯他的袖子。「我有辦法偽裝，來吧。」

■ ■ ■

威克從浴室裂開的鏡子打量自己的新外表，頭髮一邊剃掉了，另一邊染成鮮紅色。托屈紫色的惡靈戰警T恤雖然裁掉了袖子，卻還是幾乎吞沒了他。

托屈一副開心的模樣。「現在沒人會認得你新的龐克外貌了。」

說得沒錯，威克看起來像是壞人，而不是死人。他下樓去找塔拉，要想找到正確的零件，就得了解塔拉心中的黛西三世。

塔拉一見到他，立刻捂住了嘴巴，肩膀因為無聲的大笑而上下起伏。「媽媽會殺了你。」

這句話拭去了兩人臉上的傻笑。

「她一定會，不是嗎？」威克說，努力甩開憂傷。「妳要我替新黛西找什麼？」

「氬焊鉗，她的嘴巴要有捕熊器般的作用。」塔拉拍擊雙手示範。「鎂合金的牙齒，這樣咬住堅硬的東西時，齒尖就不會彎曲。」

氬焊鉗？威克不知道這是什麼玩意兒，更別說是要找到它了。他只知道鎂合金，而這是有原因的……

因為取代媽媽的美容院機器人，它們的手臂末端就配備鎂合金剪刀，並且擁有五十年鋒利保證。威克露出笑容，現在，的確有一個他很樂意去打劫零件的機器人了。

「誰想剪頭髮？」他大喊。

第十七章

在淩晨三點，凡賽絲美療院空無一人，這正是他們指望的，因為誰會淩晨三點來剪頭髮？兩名閃亮亮的銀色美容院機器人立正站在椅子邊，手臂上搭著乾淨摺好的剪髮袍。機器人有四隻手，擁有迷人但大約只能做出三種表情的基本型金屬臉蛋，以及裝了輪子的下半身。它們何必要有腳？反正永遠都不會離開美容院的光滑地板呀。

威克盯著較遠那張椅子邊的機器人，那裡原本是媽媽工作了十一年的位置。如果還是的話，她現在就還會活著。

「需要效勞嗎？」靠近門邊的機器人露出燦爛的笑容問道，笑容燦爛到讓它顯得有點瘋狂。

托屈一手拿著鋁製球棒，另一手翻動3D目錄，看著目錄呈現他換上各種髮型的模樣。威克不理會最遠工作椅的對面牆壁，在他一走進大門，那裡就開始顯現他搭配不同髮型的影像。

「好，我想我要這個髮型。」托屈指著他頂著長長金色鬈髮，彷彿雷神索爾的影像。

「沒問題，我可以為您服務。」機器人俐落的抖開剪髮袍。「請坐，小熊隊的比賽如何？您是棒球迷嗎？」

托屈沒有移動。「不是。」

「電影呢？看過《一藍二白》這部電影嗎？」

「沒有。」托屈交叉手臂。

「道瓊工業指數最近如何？有做投資嗎？」

「我才十四歲，你覺得呢？」

機器人的表情從瘋狂咧嘴換成了眉頭深鎖。「想跟我聊聊您的問題嗎？」

「我沒問題，我的生活很美好，再好不過。」

機器人的嘴巴抿成一條細細的直線。「園藝？流行音樂？時事？」

「呃哼。」托屈用手掌拍擊球棒。

「恐怕這已是我對話本領的極限了，不過，我還是可以為您剪髮。」

機器人拍拍剪髮椅的椅背。

托屈揮擊球棒，往機器人的頭側用力一敲，機器人應聲倒地，眼窩濺出火花。

這引起了另一個機器人的注意力，它舉起剪刀手。「法律授權我捍衛凡賽絲美療院的資產，不受惡意破壞和竊盜，這些剪刀鋒利無比，可以成為致命武器，如果——」

托屈也猛敲那個機器人，把它打倒在地。「對，懂了嗎，問題是你只有輪子。」

威克解開背包，拿出藍道給他的雷射切割器。伊絲特已經踩住機器人的剪刀手腕，把它釘在地上。威克急急過去，用雷射切割器切下機器人的手。

然後，他著手整治另一個機器人，從手臂開始。

「我錄下全部的過程了。」機器人說。

威克把切下的手臂放置一旁。「要是我們留下你的頭，或是剪髮機器人能夠發送訊息的話，這倒真的是個問題，但是誰會花錢讓剪髮機器人連結網路？」

他切下另一隻手臂，在白色地板上留下一個鑿孔。

「製造商已經在我的身體嵌入追蹤器微晶片，不管你帶我到哪裡——」

「把它翻過來。」伊絲特說。

威克翻過它，伊絲特在它的背脊揮過晶片功能解除棒。

「如果妳有讓它說話功能失效的設備就好了。」

「切割器給我。」伊絲特伸出手。

威克把切割器給她，她著手切下機器人的頭。

「等等。」機器人說：「拜託，別這樣。我的頭部和軀體之間有非常複雜的電路，如果妳切掉我的頭——」

機器人頭部「咚」的一聲沉沉落地，眼睛剎那間變得空白。

「哦，老兄，我原本一直期待這一段。」威克說。

托屈對他露齒一笑。「我開始在想，你畢竟也是有壞骨子的。」

「說到這些機器人，我就只有壞骨子。這個機器人奪走了我媽的工作。」

托屈訝異的抬頭看他，然後指著機器人的頭。「就是這一個？」

「就是這一個。」

托屈點點頭。「所以你才選這個美容院，我懂了。」

威克把機器人切割完畢，然後再把派得上用場的零件塞進藍道提供的大型背包。

「都好了嗎？」伊絲特舉起她的背包問道，那裡面塞滿了另一個機器人的零件。

「走吧。」

他們朝門口走去。

▲

背包在急速行動中顯得沉重。大家踩著輕快的腳步穿越艾許蘭大道，威克只能努力跟上腳步。他原本以為要一路狂奔回去，但伊絲特說跑動的話會引起不必要的注意。

「我們還沒想出一隻護衛犬要怎麼打敗整支軍隊的方法。」托屈和大家邊走邊聊，「一旦艾爾巴發現黛西有了行動，就會了解現在的狀況，然後這次必定會傾巢而出來追捕黛西。」

威克沒有答案，他所能想到的只是讓黛西帶他們離開芝加哥，前往較為安全的地方。但是在有人懸賞他們項上人頭的情況下，哪裡會安全呢？艾爾巴小姐可以利用網路把他們的照片和懸賞傳送給全國的幫派和罪犯，如果願意，甚至還可以傳遍全世界。要是把晶片交給她，他只想到她還是會殺了他們；但是不交的話，她可能也會殺掉他們。黛西可以提供一些保護，但艾爾巴小姐有護衛犬大軍，還有流氓大隊。他們唯一能夠安全的方法就是擊敗她，這卻需要有自己的軍隊才辦得到。

「一支軍隊。」威克大聲說出來。

走在他前面幾步的伊絲特回頭。「什麼？」

他們需要一支軍隊。「黛西是軍人，她是被設計用來加入軍隊，用來率領其他機器人。」

「所以呢？」伊絲特問。

「讓我們替她打造一支軍隊。」

托屈停下腳步，嘴巴張得大大的，呼吸急促的抓住威克的肩膀用力搖晃。「你是說，就是一直打造護衛犬，然後徹底了結艾爾巴？」

威克點點頭。

「哇。」伊絲特說：「這主意夠嗆。」

回到教堂，塔拉已經把小黛西清理乾淨，重新建造了她的後半部。大家開始卸下從美容院打劫來的機器人零件，塔拉上下跳動，不斷拍手，她以前從來沒有使用過閃亮或嶄新的零件。

小諾斯也熱切的想要幫忙，他從威克手中接過一隻手臂，拿到桌子上放。

「剪刀是鎂合金。」威克說。

「做牙齒。」塔拉敲敲剪刀說道。

「好了，氬焊鉗是什麼東西？要上哪裡找？」威克問。

伊絲特拿出手機，滑了一陣子。「大型空調裝備裡面有，不過只在近十年的產品。」

「小意思。」托屈說：「把規格給我，我自己一個人可以搞定。」

威克轉向塔拉和藍道。「還要什麼？」

第十八章

「好吧，現在是懺悔時間。」伊絲特在兩人離開教堂時說道：「我跟你說過我是在離這裡幾個街區的地方長大的吧？」

「是呀？」

「但我不是，我原本住在郊區，在內珀維爾[8]。」

「內珀維爾？」這倒令人意外，伊絲特看起來就像典型的芝加哥城市女孩，強悍又有街頭智慧；而且就算買得起，也對化妝和高跟鞋毫無

8 內珀維爾（Naperville），芝加哥西方的郊區城市，距離芝加哥市區約五十公里。

興趣。她不像內珀維爾女孩，那裡可是高檔郊區。

「對，每星期六踢足球，夏天有社區游泳隊，諸如此類之事。藍道知道，但托屈不曉得，別告訴他哦。」

「別擔心。」所以藍道當時才會這麼說：她是這樣告訴你的？

「那妳為什麼跟大家說妳是城裡人？」

「如果別人知道你來自郊區，就會認為可以在你身上占便宜，大家都以為郊區的人都生嫩到沒有衛星導航或媽媽跟著，就不會自己過馬路。」

威克必須承認，他對內珀維爾的小孩就是這種看法。儘管內心深處，他一直覺得自己應該是郊區孩子，因為他在郊區一直住到六歲，直到爸爸離開後。

「妳爸媽真的把妳和諾斯踢出家門？」

伊絲特靦腆的看了他一眼，「我這麼告訴大家，是想建立我的街頭威望。我媽在諾斯一出生就過世了，我爸幾年前發瘋了，開始披著床單，自稱是來自亞特蘭提斯失落大陸的國王。社服人員把我們從他身邊帶走，而我們從社服單位逃跑。」他們停在街角，讓一輛汽車經過。「我希望你知道實情，畢竟看來我們就要成為朋友了。」

「朋友」不像正確的字眼，你會跟朋友玩電玩，而不是一起奮戰求生存。威克想不出有更好的字眼可以形容他們即將成為的關係，他只知道，這遠遠不只是朋友。

◀

伊絲特在轉角窺看，然後迅速縮回身體，緊貼住威克身邊的磚牆。「它過來了。」她輕聲說道。

像這樣潛伏在暗巷，有如歹徒準備對人行凶，讓威克產生非常異樣的感覺。那個家用機器人一無所知，只是推著裝滿雜貨袋子的推車，行經他們躲藏的巷子。伊絲特從牆邊跳出去，大步上前靠近，威克就在她身後，兩人各持繩索的一端。

伊絲特用繩子圈住機器人的身體前端。

「你們——」機器人還來不及說完話，就被伊絲特和威克拉倒。它是屬於懷舊型的機器人，嬌柔可愛，自我防衛的配備根本對付不了任何比蜜獾大的東西，威克只需要踩住它的胸口，讓伊絲特使用雷射切割器。

「你們在做什麼？」機器人問，它抬起頭，所以看見切割器正在從臀部切除它的腳。

「我們要偷走你，我們要使用你的零件製造護衛犬，用來保護我們免於某個公司軍閥的迫害。」威克說。

「哦，親愛的，不要！你們不能這麼做，我的主人沒有我就活不下去。」機器人徒勞無功的不斷掙扎，伊絲特依舊扯下它的腿交給威克。

「住手，還來。」

「我可不這麼認為。」威克把那隻腿塞進背包。切除機器人的身體部位很難有罪惡感，因為它們實在是蠢斃了。

◀

他們才到門邊，房門就開了。

「快過來看！」諾斯笑嘻嘻的抓住威克的手，急急拉他進去。

威克一走進地下室，就屏住了呼吸。黛西在測試她的新腳，一次抬起一隻，一一彎曲每個關節。

她真是出色，真是令人畏懼。

身體跟原本的黛西一樣，約略像狼，但全身都是光滑閃亮的銀色，她的口鼻更加寬闊，鋒利牙齒露出森然光芒，彷彿來自噩夢童話裡的大惡狼。即使四腳著地，肩膀處就已經比威克高。前腳有清晰可見的兩根雙關節手指和一根對置拇指，可以輕鬆抓起東西。

「帥。」威克說。

藍道放下手中的迷你噴燈，揉揉眼睛。「你妹妹真是了不起，像是信手拈來，即興創作了這樣的新設計。新黛西擁有三百六十度的視野，還有一些攀爬功能，牙齒可以咬穿任何東西。」

「現在，你有沒有覺得很過意不去，居然一直對我那麼刻薄？」塔拉拍拍黛西的頭。「她準備好了，我們還需要多少隻護衛犬？」

「能做多少就多少。」伊絲特說。

第十九章

「我需要圓的東西。」塔拉彎腰打造一個形似巨大紅螞蟻的護衛犬半成品，她用手指在空中畫出圓形，視線像在千里之外。

「好，我知道圓形是什麼。」藍道說：「但妳可以說得更詳細一點嗎？」

威克別過頭大笑，換別人來當塔拉的助手真是不錯。他檢視已經愈來愈擁擠的地下室，一群護衛犬在棄置零件和食物垃圾之間來回行走，這些食物都是黛西為他們偷來的。

威克最喜歡的是一隻像是八腳蜘蛛的玩意兒，它其實只有八隻腳和一個滿是尖牙的血盆大口。此外還有一隻形似六腳鱷魚的護衛犬，一隻身側的接埠口可裝瓦斯罐，所以能從嘴巴噴出火焰的藍綠龍，以及一隻巨大無比、幾乎無法通過門口的深灰河馬怪獸。其他四隻護衛犬則幾乎一模一樣，全都是狼的模樣，一群狼，塔拉說它們很容易做。

八隻護衛犬和黛西還不足以對抗艾爾巴小姐的軍隊，但至少是個開始。計畫是打造三十隻，然後讓黛西率領她的部隊到血汗工廠突擊，一舉殲滅艾爾巴小姐所有的護衛犬。

「喂，各位！」伊絲特鏗鏗鏘鏘從水槽撈出餐盤銀器。「可不能因為我是女孩子，就代表我要幫你們洗碗盤。」

威克張口想說他每次都有洗自己和塔拉的碗盤，但又改變主意，伊絲特可能知道誰才是懶惰蟲。

碗盤敲擊聲扯動了威克心中的懷念之情，而他過了一會兒才明白原因。每當媽媽生氣時，她就會到處把碗盤弄得乒乓作響，故意從一疊盤子最底下抽出盤子製造最大的聲響。許多小事情總會讓威克想到媽媽，像是任何有關武術的東西，還有她向來只會吃的大紅牌肉桂口香糖。

走廊上傳來砰然的門響，大家立刻站了起來。

「哪裡的聲音?」托屈問。

「我想是樓上吧。」威克說。

「絕對是樓上。」塔拉認同。

伊絲特的手放在門把上。「大家安靜。」「嘎」的一聲，她稍稍拉開門。

威克聽到男人的聲音，但距離太遠，聽不出他在說什麼。

另一聲門響，不管是誰，聽起來就像在搜索教堂。

「除非他們帶著機器人，不然就等著迎接大驚奇了。」藍道說。

「不過，我們應該離開這裡。」伊絲特說：「要是他們真的有機器人，我們可不想被釘死在只有一個出入口的地方。」

威克轉向黛西。「帶我們離開這裡。」

黛西點點頭。

蜘蛛輕巧打開門，溜了出去，這是來自黛西無線傳送的命令，這些護衛犬都配備著閉路通訊系統來互相連結。

蜘蛛不到一分鐘就回來了，傳送探查到的狀況給黛西。黛西率領其他護衛犬進入走廊，其中幾隻往不同方向前進，其他幾隻則包圍緊跟在黛西後頭的威克一行人。

黛西不走原本常用的樓梯，改帶他們從不同的樓梯上樓，並且爬了三段階梯而不是兩段，所以大家來到可以眺望教堂地面的樓上看臺。

黛西轉身，舉起一隻腳，意思顯然是：留在這裡。

教堂傳來各種聲音。

「這地方讓我毛骨悚然。」威克立刻認出這是狄席鼻音濃厚的說話聲，以及毫無疑問是護衛犬劈啪劈啪走過的腳步聲。他悄然更加遠離底層，來到一個破掉的彩色玻璃窗，那裡可以眺望整個教堂大門。

窗外看到的景象，讓他這一星期所建立的希望和樂觀頓時消散。艾爾巴小姐帶來一支軍隊，護衛犬到處巡查，而在停住車的廂型車後方，以及對街的窗戶和屋頂都有染白頭髮的惡棍待命。一如往常，絲毫沒有警察的蹤影。

威克輕觸伊絲特和藍道的肩膀，引起他們的注意，然後指指窗戶，兩人潛行過來查看。

他們有大麻煩了，現在是九隻護衛犬對戰數十隻。

威克注意到聖壇那一頭的牆壁有了動靜，原來是他們的蜘蛛靜悄悄爬過，一直往上來到距離教堂地面十二公尺高的天花板。

威克冒險越過欄杆窺看底下地面，除了狄席之外，還有五隻護衛犬，裡面包括他們的老朋友泰尼，現在它又整修得煥然一新。

剃頭男的聲音劃破寂靜。「我找到他們棲身的地方了，但現在空無一人。」

「他們可能跑了。」狄席說：「派人出去通知艾爾巴小姐——」

突然一陣撞擊聲，然後像是家具拖行地板的刺耳聲音。威克他們湊上前查看，見到一排長椅滑進眼簾，黛西推著長椅寬平的那一側衝向泰尼，泰尼被撞倒。教堂響起吼叫聲，黛西繼續前進，把泰尼逼到教堂的另一頭，直接撞向牆壁。黛西不斷藉腳使勁，塔拉的金屬河馬接著現身，它緩步移動，逐漸加速，直衝長椅，然後在最後一刻轉向，用鋼鐵肩膀推撞。

威克從看臺聽到「嘎吱」一聲，黛西和河馬放任長椅倒下，泰尼跟著跌下，身體爆裂，內部電子元件迸現。

他們轉身迎戰體型和河馬旗鼓相當的長腳坦克，以及一隻覆滿鋼刺彷彿豪豬的四腳獸，還有四隻三腳鋼鐵龍。剃頭男和狄席已不見人影，威克沒看到他們離開，卻也毫不訝異。

蜘蛛從天花板落下，在空中翻正身體，降落在那隻無頭的長腳坦克上。它用血盆大口，從角落把那東西撕裂。坦克翻轉，想要甩下蜘蛛，但是蜘蛛尖銳的腳尖已深深戳進坦克。

「有火！」伊絲特大喊。

濃煙從大門滲入，威克見到火舌席捲幾分鐘前他用來探查外面的彩色玻璃窗。塔拉以令人發疼的力道，使勁抓住威克，頭埋進他的胸口。「我不喜歡這樣。」

他們被困住了，如果到外面，就會碰上艾爾巴小姐的軍隊；而且甚至不能到一樓，艾爾巴小姐的護衛犬會追過來。

黛西的狼群包圍了三腳恐龍，恐龍撲向狼群狂咬，但是狼群留在恐龍大爪所不能及的地方。

火勢現在蔓延到教堂裡面，延燒到前牆。教堂另一頭的聖壇也著火了，艾爾巴小姐的人馬在前後出口都放了火。

黛西踏進兩隻狼中間，張嘴咬下一隻恐龍的頭部。無頭恐龍仍舊直挺挺站著，直到被另一隻恐龍撞到，才噹啷落在瓷磚地板；而那隻恐龍的頭也旋即跟著消失。

塔拉發出高頻的哀號聲，她緊閉雙眼，靠著威克不斷晃動身體，顯然就要崩潰了。

威克握住塔拉的雙手，凝視她的臉龐。「塔拉，妳現在不能崩潰，我需要妳保持清醒陪在我身邊。妳必須擺脫它，就像泰尼把我們困在垃圾場時妳做的那樣。」

塔拉睜開眼睛，直視威克，不再發出那種聲音。「我會試試看，我會盡全力試試看。」

伊絲特咳嗽中抓住威克的手肘，把他拉向通往一樓的樓梯，濃煙燻痛了威克的眼睛，而藍道帶著諾斯。

到了大門附近，一根燃燒的椽子掉落地板，劈哩啪啦冒著煙。

「我們一走出大門，他們就會上前攻擊。」托屈說。

黛西用力把威克和塔拉推向門口，也對托屈如法炮製。威克按照黛西的指示，往前門走去。他不知道她有什麼打算，但她是軍人，必定有其用意。威克的肺部燒痛，現在的空氣灼熱，呈現一片黑煙。

大家到達門口時，河馬立刻上前擋在他們前方。黛西輕推威克到河馬的方向，示意他們緊跟在河馬的後方。威克懂了，河馬將是他們的移動護盾。

「準備好了嗎？」威克捏捏塔拉的手。

「我不喜歡這樣。」塔拉說，卻也回握了威克的手。她努力克制不要崩潰，盡力壓抑。

「撐住，挺過這次難關之後，我們兩人都可以好好崩潰一場。」威克說。

黛西後腳立起，敲開大門，此時艾爾巴小姐的三隻護衛犬正好從教堂前方的彩色玻璃窗破窗而入。

第二十章

河馬往外衝刺，踩踏了兩隻張口狂咬的浣熊體型護衛犬。離開教堂之後，他們的小小軍隊就圍成一個圓圈，包圍住威克、塔拉和兩人的朋友，然後往右方前進，直接迎向一群約四到五隻的艾爾巴護衛犬。

接近之後，圓圈旋轉讓塔拉的火龍面對艾爾巴小姐的衝鋒護衛犬。火龍口中噴出火焰，吞沒了這群護衛犬。火焰熄滅之後，對手全部冒著煙，內部電路燒壞，失去行動能力。黛西的方陣費力的越過它們，繼續挺進。

艾爾巴小姐的軍隊花了寶貴的幾秒鐘才有了反應，讓黛西爭取到時間，率領她的小隊繞過街角。小諾斯眼睛睜得大大的，坐在藍道的背上，死命的緊緊攀住。

他們還沒走過半個街區，敵方就有一些速度較快的護衛犬追了上來。威克看到他們的灰態朋友已修好頭部，搶上隊伍的前方。火龍現在壓後防衛，噴出數道火焰逼退追兵，但是他們大家絕對不可能跑贏艾爾巴的軍隊。

右方的一個街區外是一處犧牲地帶，那裡就只剩下一堆堆的瓦礫，以及半傾毀的建築、牆壁和垃圾。

「黛西。」威克指向它。「到那裡如何？」在敵眾我寡的情況下，那裡似乎是個反擊的好地點。

黛西衡量了一下那有如末日景觀的地點，就轉換方向，帶領大家往那裡走去。他們繞行混凝土、磚塊和一面半傾牆壁周遭的扭曲鋼筋所堆高的土丘，前方有更多相同景象，遍地都是牆壁和扭曲鋼梁交織的迷宮，有些已化成瓦礫土堆，有些仍舊屹立。

黛西放慢腳步，而她那數目少得可憐的部隊也散入廢墟迷宮之中。如此一來，艾爾巴的手下就沒辦法從後面偷襲，也不知道他們的所在位置。

黛西看到瓦礫堆中矗立著一棟辦公大樓，前面幾個樓層仍完好無缺，只是兩邊外牆剝落了。她趕著大家爬上梯井，抵達三樓，然後就把他們留在那裡。

回到地面後，她從地上拔起一根停車標誌，再扯掉標誌，只留下末端參差不齊的鋼管。

一隻有著大螯形似六腳蜂的護衛犬繞過街角，黛西拿著鋼管，用三隻腳奔馳直衝。她拿鋼管刺進六腳蜂，貫穿了對方的身體。等敵人停止動作，她便抽出鋼管，繼續往威克一行人躲藏的建築物後方前進。

「我敢說，它們全都內建攝影機。」藍道說：「那一隻可能只是探子，前來查看這裡的狀況，艾爾巴準備指揮它們了。」

威克從一墩巨大的混凝土塊後頭張望，看到艾爾巴小姐就在那堵半倒的牆壁後方。她和剃頭男、狄席聚在一起談話，狄席指著犧牲地帶的某處，剃頭男點點頭。對方正在計畫攻擊，而黛西已經準備就緒，這真的就像戰場上的戰役。敵軍數量占上風，但是他們陣中有一名真正的軍人。

威克開始計算艾爾巴小姐的護衛犬數目。

「四十。」他還沒數完，塔拉就說出來了。「總共有四十隻。」

對上九隻。即使是黛西，這樣的數目似乎也太多了。他看著對方的護衛犬到處查看，有些樣式看起來很熟悉，但也有全新的型式。

塔拉坐在地板上。「她會阻止它們的。」

「我知道她一定會。」威克看到這些殺戮機器五隻一隊，嘴脣不禁痲木。四十除以五等於八，五五成隊的隊數就已經快追上他們全部的護衛犬數字。

威克環視周遭。「有人看到黛西嗎？」

「她在那裡。」托屈指出方向。她正爬向他們藏身處正後方的瓦礫堆，依舊拿著那根管子。「對戰中總是需要制高點，尤其是肉搏戰。」

「黛西。」威克大喊。

她停下動作，看著威克。

「五隻一組，共有八組，全部四十隻。」

黛西舉起爪子，表示她知道了。從威克的有利位置，他只見到黛西三隻同伴，蜘蛛依附在附近建築的牆上，兩隻狼蹲踞在土丘半途的混凝土板上。

五隻艾爾巴小姐的護衛犬出現在牆壁和瓦礫山丘之間的缺口，第二小組跟著現身，然後往不同方向前進。

黛西無意隱藏她的位置，第一小組直奔她而來。它們各自散開，再選擇自己的路徑爬上扭曲鋼筋和混凝土的山丘。第一隻逼近的是一身光滑潔白略像美洲豹的護衛犬，黛西的鋼管往它張開的嘴巴一送，刺穿了它的後腦杓，美洲豹滾落土丘。

「三十九。」塔拉說。

剩下的四隻機器獸爬向黛西，接著又改變方向，改朝蹲踞在附近的兩隻狼前進。

「一定是艾爾巴下的指令，她透過無線傳輸指揮它們。」伊絲特說：「她發現黛西的計畫是一次打倒一隻進攻者，所以不想讓她得逞。」

又有兩支護衛犬小組從缺口蜂擁而來，它們旋即爬上山丘衝向那兩匹狼。這些新的護衛犬有些只是簡單的設計，完全不像任何生物，只有狂咬的嘴巴加上可以行動的腳，其中甚至有長了腳的六支電動圓鋸。

「它們會撕裂那兩隻狼。」見到超過一打以上的護衛犬逼近，托屈說道。

一道長長的火焰從兩道混凝土板之間的缺口驟然射向狼隻的右方和下方，三隻護衛犬被烈火淹沒，而彷彿行走電鋸的第四隻也受到部分衝擊。塔拉的火龍從缺口躍出，往上攀爬和兩匹狼並肩作戰。

「三十六，三十六。」塔拉振臂反覆大喊。

塔拉的火龍不斷轉向，作勢對任何接近射程的敵軍噴火，於是原本一直逼近狼隻的護衛犬停止攀爬。

左方一陣騷動，塔拉的金屬河馬被包圍了，它的背貼著牆壁，沉重巨大的身軀使得它無法爬到更高的位置。

隨著護衛犬迫近，河馬衝向半圓形敵陣中的最小敵軍，那是一隻長滿鋒利牙齒的機器獸。河馬踩踏過去，對方便成了報廢的金屬，只是這樣也拖慢了河馬的速度，讓其他護衛犬得以趕上。

灰熊是敵陣的一員，它張口咬上河馬的後腿膝蓋，接著用四腳爪子齊下，讓河馬動彈不得。

另外四隻護衛犬一擁而上，一隻狼撲上河馬，河馬失去重心。一隻長著巨大棒狀尾巴的矮胖裝甲物跟著攻擊，尾巴劃了個大弧，以驚人的力道狂掃河馬。

敵方的護衛犬散開，留下毫無動靜的河馬。

「三十五。」塔拉低語，聲音顫抖。

威克摟住妹妹，知道這些護衛犬對她來說並非只是機器，每一隻都是她全心全力打造，她對每一隻都充滿愛意。

「哦，不。」伊絲特指著狼和火龍下方。艾爾巴小姐的大猩猩拿著一大片顯然是從廢墟中取得的生銹鋼板，其他護衛犬就躲在這寬度至少三米六的長方形鋼板後面，跟隨手持鋼板的大猩猩爬上高地。

它們腳步逼近，火龍吐出一道火焰，但是艾爾巴的護衛犬在鋼板掩護下，躲過了大部分的烈火。

威克從眼角瞥見其他動靜，黛西衝過瓦礫堆，準備從後面攻擊敵軍。

她來到小組後方，鋼管刺穿一隻迅猛龍的胸口，隨即動作流暢的抽出管子，順勢用另一端撞向一隻六腳獸的頭部。她的體型凌駕其他護衛犬，恍如一個大人迎戰一群孩童。

黛西撕裂了敵軍，而在上方，黛西的一隻狼從棲身處躍下，撞向鋼板，大猩猩被撞得滾下山丘，跌入底下的衛護犬陣中。

「三十一，三十，二十九。」塔拉低聲計數。「小心，小心！」

灰熊從斜坡的另一頭躍上山丘，跳上水泥高臺，以強而有力的前爪砍向火龍，火龍被擊落。

另外兩匹狼上前進擊，但是灰熊的體型是它們的兩倍大。灰熊有如拳擊手一般，反覆擊打其中一匹狼的頭部，鏘鏘揮擊打凹狼首兩側。狼勉力以利牙咬住一隻熊掌，頑強抵抗，並且在灰熊用另一隻掌爪攻擊時，把灰熊拉到高臺邊緣。狼和灰熊同時從邊緣翻滾落下，狼往後倒，落在一道突出的鋼梁正上方。它一個打滾，努力起身，但是背部已凹成V字型，後腳無法動彈。

現在一片混戰，成了移動的鋼鐵、閃現的利牙、橫掃的爪子，以及黛西的鋼管所交織的戰場。

塔拉雙手掌心拍擊臉上。「又有更多來了。」

威克之前未再細數艾爾巴每組五隻的八組護衛犬已有多少組穿過缺口，現在他發現之前只派了六組，她保留了兩組，而這些護衛犬已聚在牆壁周遭，衝向山丘。

黛西脫離戰局，奔下山丘。艾爾巴小姐的生力軍有半數分散出來追趕黛西，此時，塔拉的蜘蛛從藏身處落下，降落在一隻衝鋒狼背部，咬下狼一大塊脖子。

「十八。」塔拉說。

黛西的動作變得更加遲緩，一隻後腿似乎受損了，還失去一顆眼睛。由灰熊領軍，必定至少有十隻護衛犬對付過黛西。而灰熊雖然從高處摔下，卻行動無礙。

黛西來到威克一行人藏身的建築底下，接著轉身，背部貼緊牆壁，這樣就不怕敵軍從背後偷襲。

艾爾巴小姐的護衛犬突然衝刺，黛西刺穿了前三隻進攻的敵軍，再以其中體型最大的軀體作為護盾，只見一隻像豬一樣的東西擋在黛西和攻擊者之間，抵擋了狂咬的尖牙和利刃。

黛西張口咬住那隻有著棍棒尾巴的龜形護衛犬臉部。「十三。」塔拉低語。這裡有五隻敵軍前來追擊黛西，表示還有八隻在瓦礫處，攻擊他們小小軍隊的倖存者。

其中一隻小型護衛犬爬到黛西後方，身體捲上黛西的後腿，不斷啃咬找尋弱點。這隻護衛犬的重量讓黛西腳步蹣跚，灰熊利用機會，跳過黛西用來作為護盾的護衛犬殘骸，利牙咬進黛西的肩膀。

黛西猛然退後，把依附在她腳上的那隻浣熊大小護衛犬甩向牆壁。它跌落地面，嚴重受損。

灰熊用長爪狂暴砍向黛西的臉，爪子抓向黛西完好的眼睛，用力一耙。

威克身邊的塔拉僵住了。「哦，不，不，黛西。」

黛西用鋼管抽打灰熊，灰熊放開爪子，退後幾步。

黛西轉向一方，然後是另一方，不斷揮動鋼管，努力擊退護衛犬，卻不知敵軍在哪裡，因為她已經失明了。

灰熊等待黛西揮擊鋼管過後，衝上去一拳，打凹了她的頭側；接著在黛西揮管時，立刻往後退。敵軍另一隻倖存的迅猛龍用腳刮擦黛西左邊的混凝土，黛西往聲音的方向揮擊，灰熊又趁機攻擊，讓她的頭部更為凹陷。

塔拉想要站起來，但威克拉回她。

「我們得幫幫她。」

「我們怎麼做得到?」他的聲音激動濁重。看到黛西在底下受到那些機器獸這樣的猛擊，讓他痛苦萬分;而且過不了多久，那些東西就會開始搜索他們。

灰熊再度攻擊黛西，黛西倒下。她努力爬起來，卻又再度翻倒。灰熊往她的頭部再度狠狠一擊，然後開始俯身查探黛西身體後半的盔甲。

「它在找尋晶片。」伊絲特說。

小黛西彈跳出來，試著逃跑，但是灰熊大掌一拍，把她釘牢在地上。灰熊按住她，然後用牙齒把她咬起來。

「黛西!」塔拉大喊。

大家紛紛要她噤聲。

「這裡沒有——」威克話只說到一半，他環視散落各處的瓦礫，看到邊緣附近有一大塊約背包大小的混凝土。

威克拍拍藍道的手臂。「幫幫我。」他們必須快點行動，免得灰熊離開。

威克抬著混凝土塊的一端，藍道抬住另一端，兩人氣喘吁吁的使勁把它搬到邊緣。

「數到三。」威克說。他們晃動兩次，評估距離後，放手扔下。混凝土正中灰熊的後背中央，有如汽車直衝十八輪卡車的側面一樣，撞得它倒向地面。

小黛西扭動身子，掙脫灰熊的嘴巴，直接奔向塔拉的蜘蛛。蜘蛛停止和巨蜂交戰，衝過來會合。黛西跳上蛛背，在五隻艾爾巴小姐的護衛犬逼近時，一起往高處爬。威克看到一隻落單的狼跑過來並肩抗敵，而一隻巨大美洲豹和一隻牙齒參差不齊的狼獾緊追在後。現在是兩隻半對抗七隻。

「哦，不。」藍道說。

大猩猩抬頭望著他們。

不是七隻，是八隻。

它朝樓梯走來。

伊絲特拿起一塊混凝土。「找尋東西戰鬥，任何東西都可以。」

威克的耳朵傳來自己心臟的狂跳聲，他掃視雜亂的地板。所有土塊不是太大就是太小，不過這並不重要。帶槍的警察和護衛犬戰鬥還得撤退，他和朋友怎麼對抗它們？而且只用……石頭？有沒有可以逃離的地方？威克環顧四周，沒有路上去，除了那道樓梯之外也沒有路下去。

「威克！」托屈扔給他一根厚度五乘十公分的木條。

威克雙手接住。「那你要用什麼？」

托屈舉起他的手持雷射切割器，露出微笑。威克想像不出托屈要如何貼近大猩猩來使用切割器，卻不會被擊斃，不過這的確是一件好武器，是個機會。

大猩猩停在樓梯上方，像在享受這個時刻，接著它直視塔拉。

威克不敢相信塔拉居然沒有蜷縮在角落尖叫要人趕走大猩猩，而是站在那裡，手中拿了一塊石頭，逼視那個東西。威克驚恐萬分，卻也為她感到萬分驕傲，他不會讓那玩意兒傷害她。

「我真為妳感到驕傲。」他說：「妳不只聰明，還很勇敢。」

「閉嘴，集中精神。」塔拉說。

大猩猩衝向塔拉。

他不會讓它碰她，絕對不會。威克拿起木條，奔向直衝而來的大猩猩。

大猩猩揚起它偌大的拳頭，雙方交鋒。

威克睜開眼睛，發現自己倒在地上，頭部感到前所未有的疼痛。大猩猩俯瞰，鐵拳揚起。

藍道跳過來，手腳纏住大猩猩高舉的手臂。伊絲特和塔拉揮擊石塊，像在敲釘子一樣，用力敲擊大猩猩的頭部。諾斯舉起跟他頭部大小相仿的石塊，重擊機器獸的背部。然後托屈拿著雷射切割器跳上大猩猩的背，準備從脖子下手。

大猩猩不斷晃動，沒被抓住的手臂不斷敲打托屈，但托屈努力撐住。大猩猩的注意力轉回威克，它張開嘴巴，露出一排鋒利的三角形尖齒。塔拉放聲尖叫，在大猩猩俯身時，雙手抱住對方的頭，利齒咬下，離威克的臉龐僅咫尺之遙。

另一雙手出現在大猩猩的臉旁，是藍道的手，但巨獸仍再度竭力攻擊威克，張嘴狂咬，發出金屬的撞擊聲。

巨獸頭部開始彎曲，離開威克的臉龐。

突然間，它從大猩猩的脖子斷裂，掉在威克的胸口，讓他頓時喘不過氣。

伊絲特推開大猩猩的頭，其他人幫助他從無頭巨獸的身體底下起身。

「你沒事吧？」藍道問。

威克大口喘息，腳步踉蹌，但仍點點頭。當臉龐曾被大猩猩的利牙如此逼近過後，胸部的疼痛相形之下可是好太多了。大家隨即跑向邊緣，查看目前的戰況，他也跟著過去。

狼已經折損，蜘蛛的狀況也不佳。黛西仍待在蜘蛛上方，兩者背部對著威克一行人正下方的牆壁，艾爾巴小姐最後四隻護衛犬上前包圍住他們。黛西把敵軍帶到她碩果僅存的軍隊陣中，也就是他們這些人。

「快，快，快，快。」塔拉抓起她身邊的磚塊。

威克蹲在一大塊混凝土前面，死命抬起它，感覺到粗糙的石塊刮過他的掌心，而其他人也紛紛跑去找尋可以往下扔的東西。

威克的腳趾探出邊緣，在兩腿之間晃蕩混凝土塊後，便趁勢放手。他失去平衡，身體往前傾，只能不斷揮舞手臂，胃部也糾結了起來。

一隻手抓住了他的上衣後方。

「哇。」托屈大叫，拉他回來。

混凝土塊打中蜂獸的頭部，直接敲斷了它的頭，機器獸頹然倒成一堆。

不一會兒，美洲豹也跟著倒下。他們瞄準剩下的兩隻護衛犬，朝它們身上不斷扔下磚塊和拳頭大小的混凝土塊。

等最後一隻也臥倒後，黛西騎著蜘蛛離開。

「她要去哪裡？」藍道問。

「去抓艾爾巴小姐。」塔拉說。

威克見到艾爾巴小姐跑向她的瑪莎拉蒂，而他也可以預見，她一定來不及坐上車。

第二十一章

他們站在一堆被砸壞的殘骸之中，這裡原本是艾爾巴小姐的血汗工廠，而蜘蛛把小辦公室裡面的一切全變成了金屬碎片、木柴和五彩碎屑。所有被艾爾巴抓來的工人都離開了，可以自由和家人團聚。艾爾巴小姐努力裝作她的帝國毀滅沒什麼大不了，額頭卻閃動著汗水，而且伸手撥開眼前的髮絲時，手顫抖得厲害。

狄席和剃頭男明顯流露出懼怕之情，可能不確定威克是否會要蜘蛛把對血汗工廠做的事，施加在他們身上。但是，不管對方有多麼罪有應得，威克是永遠不會傷害別人，只是他不急著讓他們知道這一點。

「這樣夠了嗎？」當蜘蛛爬出辦公室後，艾爾巴小姐問道，聲音顯得比平常高亢。

「不算夠。」威克說。黛西從辦公室深處走出來，口中銜了一個塑膠袋，袋子裡面是三支追蹤晶片注射器。

艾爾巴小姐後退了一步。「且慢，我們彼此都知道這玩意兒有辦法解除。」

「沒錯，要是妳能找到合適的裝備。」伊絲特從黛西那裡接過袋子，拿出注射器遞給他們。艾爾巴小姐猶豫了好一陣子，才終於像是把它當成死老鼠一般，從伊絲特手中抽走注射器。

「繼續。」威克說：「你們全都練習過很多次怎樣注射追蹤晶片，現在可以知道這是什麼感覺了。」

艾爾巴小姐、狄席和剃頭男全都打量著手中的注射器，一副剛嚥下了酸臭食物的模樣。

「或是托屈可以幫幫你們。」威克說。

「你們絕對不會想要我替你們打的。」托屈說。他把手臂交叉在胸前，冷眼旁觀。

剃頭男伸手把針頭插進肩膀，緩緩的長吐氣，推進針筒。

狄席低聲咒罵了幾句，然後緊閉眼睛，扎針時，尖銳的倒抽了一口氣。

大家都轉向艾爾巴小姐，她把注射器遞給狄席。「我討厭針，妳來。」

「我打了我的針，妳也可以自己打。」狄席呵斥。

艾爾巴小姐把注射器拿給剃頭男。

剃頭男揚起眉毛。「想都別想，我告訴過妳，別管晶片，別去招惹那隻護衛犬。妳聽進去了嗎？不行，妳得自己打。」

托屈上前一步，伸出手說：「拿過來，我來打。」

艾爾巴連忙縮回注射器，不讓他拿到。「好，我來。」她舉起注射器。「我討厭針。」她閉上眼睛，把針推進。

打完針後，她把空的注射器扔到地板上。

「你們有三十分鐘可以離開芝加哥。」伊絲特說：「如果不走，我們這位朋友就會去追捕你們。」

三人不約而同的走向門口。

等他們離開之後，威克和朋友默默站在血汗工廠的辦公室。威克的胸口突然放鬆了，直到現在，他才察覺到原來這樣的緊繃情緒一直長久盤據在他心中。他呼吸了幾下舒暢自在的氣息，領略這樣的感受。

「那麼，我們現在要做什麼？」藍道環顧殘破的周遭問道。

「首先，我們要替黛西打造一個新身體。」塔拉說。

「之後呢？」藍道問。

這是個好問題。現在艾爾巴小姐離開了，他們可以自由運用黛西來賺取足夠的金錢，以便租一個安全住所，得到充足的食物。只是威克回過頭來思考，到底要怎樣才辦得到這件事。

「我有個主意。」伊絲特說。

第二十二章

「衣著不得體」不足以形容威克現在的感覺，此時，他們搭著一塵不染的玻璃電梯上樓，看著左右不時交替轉換的摩天大樓輪廓。他的衣服不再發出惡臭，但也只像是遮蔽皮膚的破布。

他檢視朋友，感覺稍微好了一些，大家看起來全都一樣糟。只除了黛西，她擁有閃亮的新軀體，而這一身零件全都來自最後對決中落敗的護衛犬。

「記住。」威克對黛西說：「妳只是一隻又聾又啞的護衛犬，來這裡當展示模型，我們不想別人懷疑我們手中握有可能屬於軍方的東西。」

黛西點點頭。

「我還是不懂妳到底是怎麼想的，居然要聯繫專利律師？」托屈對伊特絲說：「況且妳又怎麼知道專利律師是什麼？我就從來沒聽說過。」

伊特絲瞥見威克的眼神，接著露出微笑。「是我從以前的生活中學到的。」

等候室全由花崗岩和鉻金屬建造而成；一個小瀑布從中央傾瀉而下，穿過像是無視地心引力的石塊。一名身著深色西裝的男子原本一直在把玩手中的時髦手機，在他們經過時，他瞠目結舌的看著黛西，手機滑出手裡，跌落在身旁的椅墊上。

後來發現，那人就是接待員，不到五分鐘，他便引領他們走進一個大房間，房間正中央擺放了一張長型黑色會議桌。一對男女正在等候，兩人都穿著完美的筆挺套裝，自我介紹說是卡蜜爾·賀南德茲和羅夫·衛斯，接著就走去檢視黛西。

「哦，我的天。」羅夫屏息說道：「光是照片就讓我激動萬分，根本沒想到還差得遠呢，真是太壯觀了。」

「謝謝你。」塔拉說。

「看看這個。」卡蜜爾指著黛西的眼睛。「這設計是三百六十度？」

塔拉點點頭。「我很擅長設計護衛犬。」

「看得出來。」卡蜜爾回答，伸出一根手指滑過黛西的臀部。

黛西看了威克一眼，像是在說：我這樣的表現你覺得夠裝聾作啞了嗎？威克只是對她報以笑容。

「全是妳自己設計的？」羅夫問塔拉。

「沒錯。」塔拉說。

經過幾分鐘這樣的檢視之後，卡蜜爾直起身子，然後看著羅夫。

「你看夠了嗎？」

「相當夠了。」

卡蜜爾轉向塔拉。「我們很樂意代表妳，光是這次的快速檢視，我就看到了十多個可申請專利的新發明。我們公司拿百分之十五，這是標準費用。伊絲特說妳想要找投資者，而不是直接出售專利？」

塔拉看著伊絲特。「這是我想要的嗎？」

伊絲特頷首。「這表示妳會親自參與事業。」

塔拉明確的點點頭。「這就是我想要的。」

「妳未成年，又沒有法定監護人，這會讓情況變得有點複雜，不過就現在這個時期，看到妳帶來的成果，我想我們可以解決這一點。」

卡蜜爾對塔拉伸出手。「我們達成協議了嗎？」

伊絲特在塔拉握手前止住她的手。「妳還想要一件事。」

「什麼事？」

伊絲特直視卡蜜爾的眼睛說道：「她需要一萬美元，現在就要。」

卡蜜爾眨眨眼。「哦，妳的意思是創業基金？」

伊絲特指向她。「沒錯，就是這個。」

卡蜜爾看著羅夫，對方聳聳肩，於是她點點頭。「沒問題。」

威克感覺氣喘像是又要發作了，也覺得就要昏倒了，一萬美元吔！

「我等一下就帶合約和銀行本票過來。」卡蜜爾急急走了出去，羅夫跟在她後頭，兩人似乎都很興奮。這真是酷斃了，居然有一對專利律師很興奮能做他們的代理人。

「嘿。」藍道一隻手搭在威克的肩膀。「我們可不可以，呃，替你們工作？我知道你們不需要我們，你們現在可以聘用專業人士，但既然我們是朋友之類的……」

威克噗嗤一笑。「你站在我身前，擋住準備把我拖去艾爾巴那裡領賞的傢伙。」他看著托屈。「還有你，你幫我切割了奪走我媽工作的機器人，然後又切除了利牙離我的臉只有幾公分的殺手護衛犬。你們不是朋友，而是家人。」他哽咽了，用力眨眼忍住眼淚。去信任塔拉以外的人，對威克來說似乎像是上輩子的事了，能夠接納更多的人感覺真是美好。

他看著塔拉，塔拉也贊同的點頭。「你說的沒錯，這是我們的公司，我們所有人的公司。」

托屈大聲歡呼，使得走廊上的六個人轉頭透過玻璃牆看著他們。他摀住嘴巴，接著說：「抱歉。」

「我們現在可以住進公寓了嗎？」塔拉問：「廚房會鋪著寶藍色地毯和貝殼瓷磚，後院角落還有採用水循環的白色鳥兒戲水臺？」

「當然沒問題。」威克舉起一根手指頭。「但是，我們首先要先吃一些墨西哥烤餅、玉米棒，還有巧克力牛奶。」

「聽起來不錯。」伊絲特說：「我餓死了。」

「或是我們可以派你那又聾又啞的護衛犬出去找。」托屈笑嘻嘻的說。

塔拉大笑，雙手摟住黛西，給她一個熱烈的擁抱，然後親吻她的鋼鐵臉頰。

黛西只是站在那裡，裝作又聾又啞。

致謝詞

《奇蹟機器狗》出自於我和Delacorte出版社編輯Kate Sullivan之間的電子郵件對談，我們一直在反覆討論我接下來的ＹＡ小說，然後我提出了這本書的想法。她說，這聽起來像是少年讀物的好主題。這句話不斷縈繞我心頭，因為我一直想寫一本少年小說，一本出版時我的孩子剛好夠大適合他們閱讀的書。要不是Kate激發這樣的火花，我就不會寫出《奇蹟機器狗》。同時，成果承蒙Kate欣賞出版，再透過她洞見非凡的編輯功力，呈現出更加出色的作品，我真得再三感謝她。

萬分感激同為ＹＡ和少年小說作家和Codex Writers' Group會員的

Laurel Amberdine和Jessi Cole Jackson，謝謝他們評論本書的初稿，以及長久以來腦力激盪的夥伴Jim Pugh，他同樣在我進行初稿和停滯不前時協助良多。

把想法付諸文字之前，我會先透露給當時在好萊塢而目前在美國TBS電視臺工作的Jacob Robinson，他會（親切又具建設性的）擊落我發送給他的大部分想法，但是他喜歡這本書。他的熱情感染了我，對於我給他的兩、三句原始想法，他會給予一些關鍵性的建議，因此開啟了這本書的樣貌。謝謝你，Jacob！

感謝我的經紀人Seth Fishman，自從我七年前出版第一本作品以來，我們就一直是夥伴。他是《奇蹟機器狗》最早的書迷，同時也是第一個讓我思考為不同年齡層讀者寫書的人士。

最後，我要對家人和朋友致上謝意。謝謝妻子Alison以及充滿活力的雙胞胎Miles和Hannah；謝謝爸媽和妹妹及其家人；謝謝M姨和Jane

姨；姻親Bill和Ginny Scott；還有小姨子Liz及其家人；友人Beau、Saul、Colin和Jeannie、Tony和David、Mike、Larry、Suzanne和David、Lenny、Ted、Sara，以及聆聽我的想法、鼓勵我並且支持我的其他許多人，謝謝你們大家。

小麥田
故事館
奇蹟機器狗

作　　者　威爾．麥金塔許（Will McIntosh）
譯　　者　陳芙陽
封面設計　鄭婷之
校　　對　呂佳真
責任編輯　巫維珍

國際版權　吳玲緯
行　　銷　闕志勳　吳宇軒
業　　務　李再星　陳美燕
編輯總監　劉麗真
總 經 理　陳逸瑛
發 行 人　凃玉雲
出　　版　小麥田出版
地址：10483臺北市中山區民生東路二段141號5樓
電話：(02)2500-7696　傳真：(02)2500-1967
發　　行　英屬蓋曼群島商家庭傳媒股份有限公司城邦分公司
地址：10483臺北市中山區民生東路二段141號11樓
網址：http://www.cite.com.tw
客服專線：(02)2500-7718｜2500-7719
24小時傳真專線：(02)2500-1990｜2500-1991
服務時間：週一至週五09:30-12:00｜13:30-17:00
劃撥帳號：19863813　戶名：書虫股份有限公司
讀者服務信箱：service@readingclub.com.tw
香港發行所　城邦（香港）出版集團有限公司
地址：香港灣仔駱克道193號東超商業中心1樓
電話：+852-2508-6231　傳真：+852-2578-9337
馬新發行所　城邦（馬新）出版集團【Cite(M) Sdn. Bhd】
地址：41, Jalan Radin Anum, Bandar Baru Sri Petaling,
57000 Kuala Lumpur, Malaysia.
電話：+6(03) 9056 3833　傳真：+6(03) 9057 6622
讀者服務信箱：services@cite.my
麥田部落格　http://ryefield.pixnet.net
印　　刷　漾格科技股份有限公司
初　　版　2023年5月
售　　價　320元

ISBN 978-626-7281-08-6
EISBN 9786267281109 (epub)
Printed in Taiwan.

國家圖書館出版品預行編目資料

奇蹟機器狗／威爾．麥金塔許（Will McIntosh）著；陳芙陽譯. -- 初版. -- 臺北市：小麥田出版：英屬蓋曼群島商家庭傳媒股份有限公司城邦分公司發行，2023.05
面；　公分. --（故事館）
譯自：Watchdog.
ISBN 978-626-7281-08-6（平裝）

874.596　　112002270